暗殺請負人

刺客街

森 村 誠 一

幻冬舎時代小説文庫

暗殺請負人

刺客街

目次

吹き溜まり長屋

「先生、お出まし願います。鯨《くじら》の旦那がお待ちかねでございます」

下っ引きの伝助が風を巻いて長屋に飛び込んで来た。

「またなにかあったか」

鹿之介《しかのすけ》が問うた。

「水、水」

息を切らして伝助が訴えた。るいが水瓶《みずがめ》から柄杓《ひしゃく》ですくい上げた水を、喉を鳴らして飲んだ伝助は、

「立てこもりでやす。浪人者が幼子を人質にとって立てこもってやす。腕の立つやつでしてね、手に負えねえ。へたに近づくと子供が殺されちまう」

ようやく呼吸を整えた伝助が言った。

「るい、行くぞ」

鹿之介が立ち上がると同時に、るいが刀を取って差し出した。

浪人が立てこもった場所は、鹿之介の長屋から一走りの隣りの町内の空き家である。すでに与力《よりき》の鯨井半蔵《くじらいはんぞう》以下、同心や捕り方が空き屋を取り巻いている。

「先生、ご足労、かたじけない。腕の立つやつでしてな、手に負えぬ。このまま無理押しすれば犠牲は増える一方で、人質の命を危うくする。やむなく先生にお出ましを願いました」

鯨井半蔵がほっとしたような顔をした。数人の捕り方が手負ったとみえて、現場で手当てを受けている。

鯨井がざっと説明した経緯によると、突然、表通りの呉服屋に押し込んだ浪人が、白刃を店の者に突きつけ、数両の金を強奪した。浪人が店の外に出た後を、店の者が通行人に声をかけ追跡すると、通りすがりの母子《おやこ》連れのうち三歳の幼児を拉致《らち》して、近くの空き家に飛び込み、立てこもったという。

通報を受けた奉行所から捕り方が出向いたが、近づいた者はたちまち叩き伏せられた。

鹿之介が負傷者を見ると、いずれも峰打ちである。立てこもった浪人には捕り方を斬る意思はないらしい。

峰打ちとはいえ、脛《すね》や腕を払い、一刀の下、行動能力を失わせた腕前は尋常ではない。天下泰平の御代《みよ》に、これだけの凄腕の武士は、江戸広しといえども数が限られるであろう。

鹿之介は緊張した。

「兄君、ここは私にお任せくださいませ」

るいが申し出た。

「なにを言うか。女の出る幕ではない」

鹿之介はるいを制して、浪人が立てこもった空き家に近づいた。空き家の奥から幼児の泣き声が聞こえてくる。半狂乱になった母親が子供の泣き声の方に走ろうとするのを、捕り方が数人がかりで押さえつけている。物見高い江戸の野次馬が、空き家を遠巻きにして、どうなることかと見守っている。

「落葉《おちば》長屋の鹿旦那が来たぞ」

「おるいさんもいる」

「先生、子供を人質に取って立てこもるなんざあ、侍《さむれえ》の風上にも置けねえや。一思いに叩き斬っておくんなせえ」

「やれやれ、やっちめえ」

二人を見知っている野次馬たちがどよめいて囃《はや》し立てた。

鹿之介に影のごとく寄り添うるいの臈《ろう》たけた美しさが一際《ひときわ》人目を惹《ひ》いている。近所の住人は、るいが吹く風にも耐えられぬような手弱女《たおやめ》ぶりの奥に、凄まじい手練を隠していることを知っている。

空き家に近づいて来る鹿之介の気配を察したらしい浪人が、屋内から、

「近寄るな。それ以上一歩でも近寄れば、子供の命はないぞ」

と叫んだ。

「貴公、本心から罪なき子供を殺《あや》めるご所存か」

と問いかけた鹿之介の落ち着いた声音に、立てこもり浪人は束《つか》の間《ま》、返す言葉に詰まった。

「お見受けしたところ、手負った捕り方は悉《ことごと》く峰打ち。いかに零落したとはいえ、武士たる者が白昼、町家に押し入り、わずかな金子《きんす》を奪うとは、よくよくの事情があってのことでござろう。追われて逃げ道を失い、頑是《がんぜ》ない子供を拉致して立てこもった

のであろう。武士は相身互い、拙者も浪々の身でござれば、事情はお察し申す。子供を返して神妙にいたさば、お上にも情けはござる」

鹿之介が説得を始めた。

「ええい、うるさい。きさまら奉行所の犬になにがわかるか。帰れ。帰らねば容赦せぬぞ」

浪人が怒鳴り返した。子供が一際高く泣きだした。

「察するところ、貴公、ご家族がいるのであろう」

逆上していた浪人が、うっと呻《うめ》いた。

「子供を楯に取り、本気で逃げられるとおもうてか。貴公が帰らねば、後に残されたご家族はどうなる。奪った金子もご家族を養うためであろう」

家族のことを問われて、浪人は沈黙した。

「拙者、いささか存じよりもござれば、決して悪うは取り計らわぬ。少し頭を冷やしてお考えあれ。さしたる金子を奪ったわけでもなく、人を殺めたわけでもない。武士たる者、罪なき子供を楯に取って立てこもるなど、決して貴公の本意ではござるまい。ここはよくお考えあれ」

鹿之介の諄々と諭す言葉に、浪人は沈黙した。

「拙者、名乗るほどの者ではないが、熊谷《くまがや》鹿之介と申す浪人者にござる。見らるる通り、丸腰にござる。幼児を拙者にお渡しあって、潔く縛《ばく》につかれよ。お上にもお慈悲はござる」

鹿之介の説得に浪人は一時の逆上から我に返ったらしく、

「まことに仰せの通り。武士たる者、いかに困窮の果てとはいえ、まことに見苦しき至り、ただ恥じ入るばかりにござる。この上はすべてご貴殿にお任せする。幼児は親御にお返しくだされい」

と言って、幼児と、腰からはずした両刀を鹿之介に託した。

どうなることかと固唾《かたず》を呑んで見守っていた野次馬たちの間から喝采が沸き起こった。

どんな惨劇に発展するやもしれなかった立てこもりが、血一滴流さぬ、鹿之介の水際立った処理に、出役していた与力の鯨井半蔵も感じ入り、浪人に軽く手縄をかけただけであった。

「兄君、祖父様《じい》のご指示にそむかれましたね」

浪人を鯨井半蔵に託しての帰途、るいが不満そうな顔をして言った。

「兄君と呼ぶな」

鹿之介は兄君と呼ばれるのを好まない。だが、るいにしてみれば、兄であると同時に主君である。したがって双方を兼ねた「兄君」という尊称を用いている。

「兄上君」

「君はいらぬ」

「兄上殿」

「ええい、勝手にいたせ。ならば、どうすればよかったのじゃ」

鹿之介は問うた。

「私にお任せあれば、問答無用、斬り捨てましたものを」

「るいが出れば、左様な仕儀になるのはわかっておるゆえ、わしが表に立ったのだ。無益な殺生《せっしょう》はしてはならぬ」

「無益ではございませぬ。あのような目立つ振る舞いをなされますと人目を惹きまする。兄君は世を忍ぶお身の上。決して目立つ振る舞いはまかりならぬとの祖父様のお言葉にございます」

「二言目には祖父様、祖父様とうるさいことよのう。じいさんがなんと言おうと、わしは自由じゃ。るいに任せればもっと目立つ。考えてもみよ。花も恥じらう乙女が、凄腕の立てこもり浪人を一刀両断したとあってみよ。江戸中の瓦版が書き立てるわ」

「見えるようには斬りませぬ。私は兄君の護衛にございます。大切な兄君の御身にもしものことがあれば、私の責任でございます。その兄君が立てこもり浪人の前に丸腰で近づくなどとは論外。私の方が生きた心地がしませんでしたわ」

「はは。そなたが生きた心地がせぬとは笑止だ。そなたは乙女の皮を被《かぶ》った虎か獅子であろう」

「兄君。ひどいわ」

るいの頬が紅潮した。本当に怒ったようである。

「取り消す。乙女の皮を被った狐か狸じゃ」

「もっとひどうございます」

るいは今度は泣きそうになった。

熊谷鹿之介とるい兄妹が永代寺《えいたいじ》門前の隅にある通称落葉長屋、あるいは吹き溜まり長屋に居を定めたのは三年ほど前である。世間の落ちこぼれ者が吹き寄せられたような長屋というところから、そのように呼ばれるようになった。

大家の高坂庄内《こうさかしょうない》は大盗賊・高坂陣内《じんない》の子孫とかいう噂があるが、確かめた者はいない。

落葉長屋はその渾名《あだな》のごとく、一癖も二癖もあるような者たちが、世間から落ちこぼれ、吹き寄せられるように集まっている。それぞれの修羅場を潜《くぐ》って来た者たちが、この長屋にようやく居所を得て生きている。

長屋にはなんの決まりもないが、過去はたがいに詮索し合わないということが、この住人たちの暗黙の掟《おきて》のようになっている。

大家の庄内のおおらかな性格を反映して、長屋の雰囲気は底抜けに明るい。いずれも尋常ならざる過去を持っているはずの住人たちが、それを隠したり忘れたりして、たがいの体温で温め合うように寄り添って暮らしている。そんな雰囲気の長屋の居心地が、鹿之介とるいは気に入っていた。

ほんの仮住まいとおもって草鞋《わらじ》を脱いだのが、意外に根を下ろして、すでに三年になろうとしている。

その間、大家の庄内の口利きで、近所の剣術道場に出稽古に行ったり、富商の用心棒をしたりしながら暮らしをつないでいた。特に吹聴したわけでもないのに、庄内は鹿之介とるいの尋常ならざる腕前を見抜いたらしく、日々の糧に事欠かない程度の仕事を斡旋《あっせん》してくれている。

庄内は裏の社会にも伝《つて》があるらしく、奉行所とも密かに通じていて、情報を提供しているようである。今日風にいえば、奉行所の隠れた協力者《レポ》でもあるらしい。江戸の闇の世界《アンダーグラウンド》と、これを取り締まる奉行所双方とつながっている庄内の隠然たる勢力が感じられる。

鹿之介とるいの腕前に奉行所の手に負えないような手練の悪者や、凶悪な犯罪者の捕り物の応援を求めて来る。その都度、奉行所からなにがしかの謝礼が出る。

鹿之介とるいはべつに悪事を働いたわけではないが、世を忍ぶ身が奉行所の助っ人とは皮肉である。

鹿之介は江戸の片隅の陋屋《ろうおく》に腰を落ち着けて、初めて人間らしい暮らしを味わった。彼はこのまま、この陋巷の一隅に、るいと共に一生を終えてもいいような気持ちになっている。

九尺二間の棟割長屋、声をあげれば隣家に筒抜けになるプライバシーの一片もない、日照も通風も悪く、極めて劣悪な居住環境であるが、人間の肌のぬくもりが通い合っている。困ったときは助け合い、なにかうまいものが手に入ると、壁を叩いて呼ぶ。

身分と格式ずくめの武士の生活に比べて、ここには紛れもなく人間の暮らしがあった。武家社会から逃れて来た二人にとっては、町の長屋の暮らしは日々、カルチャーショックの連続であった。

彼らにとっていぶせき長屋で暮らすということ自体が奇跡に等しい。その奇跡がすでに三年近くつづいている。

湯難《ゆなん》

るいにとっては、鹿之介以上に長屋の暮らしは奇跡であった。幼いころから身体はどのような環境にも耐えられるように鍛えているはずでありながら、およそ武家の常識を覆す町の長屋で、自分に課せられた使命を果たせるものかどうか危ぶんだ。

「そなたの使命は、鹿之介様を守護することにある。おのれの命を楯にして、鹿之介様に仕えよ。兄とおもうてはならぬ。主君とおもえ」

と、るいは祖父・熊谷孤雲《こうん》から命じられた。

孤雲は孤雲流を創始した剣客である。三十二万石の大藩、山羽《やまは》家の剣術指南役として迎えられ、山羽家に仕えてきた。孤雲が隠居後、その子・武左衛門《ぶざえもん》が指南役を継ぎ、鹿之介の母・琴《こと》を娶《めと》った。

琴は山羽家の奥に仕えた侍女であり、武左衛門と結婚したとき、すでに身ごもっていた。そのときの胎児が鹿之介であり、彼の実の父は山羽藩の藩主・正言《まさこと》であった。正言にはすでに正室との間に男子があった。ここに側妾の琴が男子を産めば、将来のお家騒動のもととなるやもしれぬと案じて、琴を家臣の武左衛門に嫁がせたのである。

そのとき武左衛門には隠れた女がいた。身分のちがいもあり、彼女とは結婚できない運命にあった。主命もだしがたく、武左衛門は琴と祝言を挙げたが、決して手を出さなかった。

琴は間もなく男子を出産し、武左衛門は鹿之介と名づけて我が子のように可愛がった。その間、武左衛門は隠し女との関係を断たず、その女が鹿之介と二歳ちがいのるいを産んだ。るいは生母から引き離され熊谷家に来た。

その後、武左衛門と琴が相次いで病いを得て身罷《みまか》った。二人を祖父・熊谷孤雲が引き取り、兄・妹として育てたのである。

だが、鹿之介とるいの間には事実上、血のつながりはない。孤雲は二人を剣客として厳しく鍛えた。鹿之介には剣を、またるいには特に孤雲流忍法を伝えた。両人とも剣客、忍者としての天性に恵まれており、それぞれが二十歳、十八歳に達したときには、孤雲にすでにおしえるものがないほどに奥義を極めていた。

両人が二十一歳、十九歳になったとき、山羽家に大変事が出来《しゅったい》した。藩主・正言の後嗣・正訓《まさくに》が邸内の馬場で乗馬中、突然、馬が暴走して振り落とされ、打ち所が悪くて急逝したのである。

正言の悲嘆と落胆ははなはだしく、しばらくは無気力に陥った。正室との間には正訓と二人の姫がいたが、男子は鹿之介と、もう一人の側妾・おさきの方との間にもうけた松之丞《まつのじょう》がいるだけである。

松之丞は鹿之介より二歳年下で、藩主継承順位は鹿之介が上位であったが、おさきの方は野心の強い女で、我が子をなんとしても山羽藩の後嗣にしたいと、各方面に工作を始めた。

おさきの方は特に江戸家老・鮫島兵庫《さめじまひょうご》と親しく、鹿之介の支持者である国家老・安《やす》良《ら》岡将監《おかしょうげん》と激しく対立していた。

江戸家老・鮫島兵庫はおさきの方と通じており、松之丞は二人の間にもうけた不義の子であるという噂もあった。

国家老・安良岡将監は硬骨の人で、そのような噂のある松之丞を山羽藩の後嗣に据えることは断じてまかりならぬと強い姿勢を示していたが、病弱であり、国表に引きこもっていて、江戸藩邸を握っている鮫島兵庫に対して劣勢であった。

江戸藩邸は完全に鮫島兵庫の支配下にあり、熊谷家に居住していた鹿之介は身の危険をおぼえるほどであった。

正訓の落馬急死も、馬に細工をされたのではないかという噂が立ったほどである。
だが、鹿之介を勝手に国許に移すことはできない。

鹿之介の身を案じた祖父の孤雲は、彼を一時、藩邸内にある熊谷家から避難させることにした。江戸を離れなければ、どこに住もうと、幕府に対しては申し開きができる。

孤雲はるいを呼んで、

「そなたに鹿之介君の護衛を申しつける。鹿之介君はそなたの兄にして兄にあらず。順位からしても山羽藩の後嗣たるお方である。英邁《えいまい》にして心優しく、君主としての器である。暗愚にして偏狭な松之丞君とは比較にならぬ。だが、残念ながら国表は遠く、江戸藩邸は鮫島兵庫に壟断《ろうだん》されておる。このまま熊谷家に留まれば、鹿之介君の身になにが起きるやもしれぬ。そなたは鹿之介君に侍《はべ》り、一身に代えてお守りせよ。殿もお歳を召しておられ、あまりご壮健ではない。殿の御身にもしものことがあれば、鹿之介君にお出まし願わねばならぬ。山羽藩の将来はひとえに鹿之介君の双肩にかかっておる。

松之丞君は暗愚であるが、鮫島兵庫はしたたかであるぞ。きやつはおのれの野望を達するためには手段を選ばぬ。殿とて安全ではない。できればわしが鹿之介君についていてさしあげたいが、殿の御身が案じられる。そなたはわしに代わって鹿之介君を守護せよ」

と命じた。るいは物心つくころから、鹿之介をただの兄ではないとおしえ込まれていた。

こうして祖父の命により、兄妹であり主従である二人は熊谷家を出て、江戸の陋巷《ろうこう》に身を隠したのである。

るいは自分の使命を喜んでいた。熊谷家では鹿之介を独占できない。正訓が急死してからは、鮫島兵庫の支配下にあるとはいえ、藩主後継第一位の鹿之介の存在は大きい。いつもだれかの目が鹿之介に注がれている。

もちろん敵方の目が多いが、生まれながらにして君主の気品を備えた鹿之介の容姿に、女たちの熱っぽい視線が集まるのを防げない。熊谷家では四六時中、鹿之介のそばに張りついているわけにもいかず、独占できないだけではなく、るいの護衛が及ばないこともある。

藩邸の者は、るいが稀代の剣客、熊谷孤雲仕込みの恐るべき忍者であり、遣い手であることを知らない。いかに遣い手であっても、鹿之介から敵方の人垣によって隔てられていては護衛のしようがない。

落葉長屋に隠れ住んでから、るいはこの上なく幸せであった。九尺二間の棟割長屋に、それこそ身体を寄り添うようにして鹿之介を独り占めしている。彼女にとって鹿之介は兄であり、主君であり、密かに慕う想い人である。

長屋の住人たちは、彼らが兄妹であることを疑っていない。血のつながりはないが、兄と妹であることには変わりない。るいはそのことが時には悲しくおもえることもあった。女としての一途《いちず》な慕情を捧げているのに対して、鹿之介はるいを妹としか見ていない。

だが、欲張ってはいけないと、るいは自らを戒めていた。

熊谷家からの仕送りは不充分であった。それも途切れ途切れである。乳母日傘《おんばひがさ》で育てられた身が、突然、世間の荒波の中に放り出されて、おのれの才覚で生計《たつき》を立てよといわれても無理である。二人は生命の危険を逃れて、生活苦の中に放り込まれた。

熊谷家からの仕送りが途絶えて、今日、明日の糧に事欠いているとき、数名の無頼の者がるいに目をつけ、酔ったふりをして絡んできた。

若い娘と、いかにも華奢《きゃしゃ》な浪人と侮《あなど》って、よいカモとばかり因縁をつけてきた破落戸《ごろつき》グループにしばらく二人は耐えていたが、増長したごろつきの一人がるいの着物の裾をまくろうとして、あっという間に叩き伏せられた。ごろつきグループは、それがるいの手並みとは信じられなかった。

愕然《がくぜん》としたものの、数にものをいわせて襲いかかって来たが、地に這《は》ったのはごろつきばかりであった。

この場面をたまたま通り合わせた与力の鯨井半蔵が目撃した。これがきっかけになって、難しい捕り物の際に助勢を頼まれるようになった。

孤雲からは、努めて目立つような振る舞いは禁止されていたが、背に腹は替えられない。奉行所の助っ人であれば、少なくとも悪事ではない。

捕り物の助っ人をしている間に、大家の庄内が町道場の出稽古の口を斡旋してくれた。おかげで熊谷家からの仕送りを待たず、どうにか生計が立つようになった。

だが、世を忍ぶべき二人は、捕り物の助っ人によって人目を惹くようになってしまった。ただでさえ気品のある若侍と臈たけた美女のカップルは、注目の的となる。

噂が鮫島兵庫の耳目に触れれば、必ず刺客を差し向けてくるであろう。るいはそのことを危ぶみ、鹿之介に奉行所の助っ人をやめるようにと諫《いさ》めたが、もはや二人は奉行所にとってなくてはならない強力な遊軍になっていた。

「奉行所の助っ人をしようとしまいと、我らがここに潜んでおることは、いずれは兵庫の知るところとなろう。仕送りが絶えたのも、兵庫らの目を恐れた故かもしれぬ。逃げて、逃げきれるものではない。わしは山羽家の家督についてはなんの野心もない。

わしは町の暮らしが好きだ。大名家の跡継ぎなど、おもうだけでも息が詰まるわ。兵庫に会って、そのことを申し聞かせてやりたい。さすれば、兵庫もわしを取り除く意味がなくなろう」

と鹿之介はるいに言った。

「兵庫を甘く見てはなりませぬ。左様なことで兵庫があっさりと退くはずがございませぬ。山羽家の後嗣はいやだからといって、勝手に取り止められるものではありませぬ。三十二万石の運命がかかっております。兵庫はそのような運命のもとに生まれたお方におわします。兵庫は兄君の運命を恐れているのでございます。兵庫やおさきの方の野望にとって、兄君の運命は脅威なのでございます。兄君が家督を継ぐ意思はないと仰せられても、兵庫やおさきの方の脅威はなくなりませぬ。どうぞご自重あそばしませ」

とるいは言葉を尽くして諫止《かんし》したが、るいの存在自体が人目を集めていることには気がつかない。気がついていたとしても、るいの美しさそのものが運命であった。

るいの諫止にもかかわらず、鹿之介は自由気儘な暮らしを愉《たの》しんでいた。

熊谷家の遠祖は塚原卜伝《つかはらぼくでん》に連なる剣客であり、祖父・孤雲の代から山羽藩指南役を務めている武芸の誉《ほま》れ高い家柄であった。亡父・武左衛門も祖父に並び立つ剣客であったが、鹿之介が元服して間もなく、惜しくも病死した。

忠誠の権化のような武左衛門は、主君の寵妾《ちょうしょう》を妻として下げ渡され、一指も触れなかった。だが、家臣に無理やり嫁がされた鹿之介の母は、そのことが生涯の心の重荷になっていたらしく、武左衛門の死の翌年、後を追うようにして死んだ。

鹿之介から見ると、母の死は一種の殉死であった。いかに主君から許されておのれの妻となったとはいえ、主君の手がついた女性に触れることを畏《おそ》れ多しとした武左衛門に、せめて殉死することによって、妻としての務めを果たそうとしたのかもしれない。

武左衛門は孤雲共々、鹿之介を厳しく仕込んだ。主君の子ではなく、我が子として接し、剣客として鍛え上げた。そうすることが主君の子に対する武左衛門の忠誠であり、父としての愛の形であったようである。

山羽家の後継者・正訓が急死してから、にわかに家中の気配が不穏になり、鹿之介の身辺が危うくなった。

祖父・孤雲の遠謀深慮によって、鹿之介はるいと共に市井に避難したが、それは鹿之介にとって勿怪《もっけ》の幸いであった。武士の家を出て、自由気儘に生きられる暮らしを、鹿之介は心の底から愉しんでいる。

るいにしてみれば気が気ではない。それでなくても長屋の路地には多種多様の行商人が行き交い、だれでも出入り自由である。長屋の住人には隠し事などなく、プライバシーの一片もないような明けっ放しの暮らしぶりで、まったく無防備である。これほど警備がしにくく、敵性の者が近づきやすい環境はない。

唯一の安全保障は、江戸の人の海である。大海の中の一粒の泡を探し出すのは難しい。だが、泡が泡ではなくなった。海の中の鯨のように目立ってしまっては、探索の網にかかるのは時間の問題であろう。

朝風呂は江戸の庶民にとって豪勢な愉しみである。通風や日照が悪く、極めて劣悪な居住環境に押し込まれている江戸の庶民にとって、朝風呂は衛生を保つための必須の条件であるが、彼らにとっては欠かすことのできない娯楽《エンターテインメント》にもなっている。

長屋の八つぁん、熊さんや女房連が行く朝風呂は、湯女《ゆな》を置いて客にいかがわしいサービスをさせる風呂屋ではない。界隈《かいわい》の住人が寄り集まり、閑《ひま》な横丁のご隠居を囲んで仕事に行くのも忘れて〝風呂端会議〟に耽《ふけ》る風呂である。

鹿之介もこの町の朝風呂が無類に好きであった。界隈の住人たちとも文字通り裸のつき合いができる。彼の半生を過ごしてきた武家の世界には決してない、庶民の社交サロンである。

朝風呂の常連はほとんど顔馴染みである。八丁堀《はっちょうぼり》の同心は女風呂に入る特権をもっているが、庶民にはそんな特権はない。また、べつに女風呂に入りたいともおもっていない。

朝風呂は特に雨の日がよい。雨が降ると居職《いじょく》（自宅で仕事をする）者を除いては仕事ができない。大工や左官や各種の職人や、棒手振り《ぼてふ》（行商人）など外まわりの者は、雨の日はたいてい朝風呂から昼風呂へと居つづけて、うじゃじゃけて（だらけて）いる。

雨の日は道場の出稽古も休んで、鹿之介は風呂屋へ出かける。るいが必ず供をして来る。鹿之介の護衛のためでもあるが、彼女も朝風呂が好きなようである。

その朝、朝風呂には絶好の雨が降っていた。朝風呂に似合う雨とは、むらなくどんよりと曇った風のない空の上方から、密度濃く垂直に降ってくるような雨である。こんな雨の朝は江戸の町が優しく烟《けむ》る。まだ町は半分眠っており、歩いている者はしじみ売りや納豆売りぐらいである。

風呂屋の入口でるいと出る時間を示し合わせて、風呂屋の暖簾《のれん》を潜った。男女別々の脱衣場で衣服を脱ぎ、刀を預けて石榴口《ざくろぐち》を潜る。中は朦々《もうもう》と湯気が立ちこめていて、先着の湯屋の客の顔は霞んでいる。

「先生、早いね」

早速、同じ長屋の住人の聞き慣れた声がかかった。

「その声は八兵衛さんだな」

「ご隠居も来ていまさあ」

「年寄りには敵《かな》わねえ」

弥吉の声がした。八兵衛と弥吉は駕籠《かご》屋の相棒である。二人は湯船の外にいて、隠居と呼ばれた表通りの小間物屋紅屋の老人の声が、

「いつもはわしが一番乗りだが、今朝は後れをとったわい」

と湯船の中から聞こえてきた。どうやら湯船の中には紅屋の隠居のほかに二、三人、

先客がいるようである。鹿之介に声をかけないところをみると、別の町内から来た初顔らしい。

今朝は時刻が早いので、常連はまだ三人しか来ていないが、女湯の方には賑やかな気配があった。もっとも女三人集まれば、男数倍のかしましさがある。常連よりも先着した初顔は、風呂屋が開くと同時に入ったのであろう。

鹿之介は上がり湯で軽く身体を洗って、湯船をまたいだ。湯気がゆらりと揺れた。同時に、鹿之介は異常な気配をおぼえた。それは本能的に察知した殺気であった。

鹿之介は湯船をまたぎかけた足を翻して、先客の一人を蹴り上げた。同時に湯の表面が割れて、白刃が薙《な》ぎ上げた。半身をひねって際どく躱《かわ》した鹿之介は、石榴口へと跳躍した。刀は脱衣場に残していて、身に寸鉄も帯びていない。

先客の一人は顔面を鹿之介にしたたか蹴られてたじろいだが、他の一人が湯船から立ち上がって追撃してきた。二人の刺客は入湯客を装い、武器を抱いて湯船の中で待ち伏せていたのである。尋常ならざる太刀筋であった。鹿之介が丸腰ではとうていしのげない相手であることがわかった。

石榴口は狭い。身体をかがめてようやく出入りできる空間で、刺客に追いつかれれば防ぎようがない。

そのとき八兵衛と弥吉が上がり湯のそばに積んであった湯桶を、二人の刺客目がけて投げつけた。二人の援護射撃に刺客の追撃が一拍遅れた。

「八兵衛、弥吉、手を出すな」

鹿之介が叫んだ。刺客の剣尖が二人に向けられると命が危ない。

だが、八兵衛と弥吉は刺客の眼中になかった。彼らの援護射撃による一拍の遅れを取り戻そうとして、刺客は石榴口へ猛追して来た。

あいにく石榴口《コーナー》に新たな入湯客の影が見えた。入湯客に逃路を塞《ふさ》がれた形の鹿之介は、絶体絶命の窮地に追いつめられた。そこに刺客が必殺の二振りの剣を集めて来た。

「先生」

隠居の声があって、湯桶が鹿之介の方に飛んできた。これを宙に受け止めた鹿之介は、振り下ろされた刺客の剣を湯桶で防いだ。濡れた湯桶は意外な粘着力を発揮して、一人の刺客の剣をくわえ込んだ。だが、刺客はもう一人いる。第二の剣は阻止できない。

「るい。救え。おれを助けろ」

鹿之介はなりふり構わず絶叫した。その瞬間、石榴口に立った新たな客の陰から水平に飛来した物体が二人の刺客の顔面に命中した。おもいもかけぬ反撃に、刺客は視力を失ったようである。

つづいて脱衣場に預けた鹿之介の剣が飛んできた。鹿之介はそれを宙に受け取りざま、鞘走らせた。またたく間に攻守逆転した。二人の刺客は手首と膝頭を打ち砕かれて、戦闘能力を失っていた。

「兄君。ご無事ですか」

全裸のるいが鹿之介に抱きついてきた。新たな入湯客はるいであった。

隣りの女風呂に入っていたるいは、男風呂の異常な気配を聞きつけて、全裸のまま飛び込んできたのである。刺客の顔面を垢すり（軽石）で叩き、敵がひるんだ隙《すき》に鹿之介に武器を投げた。

「るい、そなたのおかげで命拾いをした」

鹿之介が美しい護衛に感謝すると、るいににわかに羞恥《しゅうち》がよみがえってきたらしい。

鹿之介を救うために無我夢中で生まれたままの姿で男風呂の真ん中に飛び込んで来て

しまったのである。幸いに湯気に霞んではいるが、鹿之介はじめ隠居以下、常連の三人に一糸まとわぬ裸身を見られてしまった。

鹿之介はるいのまばゆい裸身を見ぬふりをしながら、

「きさまらの雇い主はおおかたわかっておる。命まで奪《と》るとは言わぬ。帰って雇い主に伝えろ。わしには野心はない。風呂場に待ち伏せさせるような卑怯な真似はするなと」

と言いつつ、二人の刺客の髷《まげ》を切り落とした。

ざんばら髪となった刺客は、這《ほ》う這うの体で逃げ出した。

「旦那、ご無事でようござんした」

「わしも萎《しな》びた息子が久しぶりに上がったり下がったりしたわい」

「ご隠居が上がったり下がったりしたのはあいつらのせいではなくて、るいさんの裸を見たからじゃなかったのかい」

弥吉と隠居が言った後、八兵衛が冷やかした。

「なんだと。弥吉や八兵衛は上がりっぱなしではなかったか」

時ならぬ彼らの口論に、ようやく身仕舞いをしたるいが頰を染めて、

「いやだわ。一体、どこを見ていたのですか」

と抗議するように言った。

「とんでもねえ。まぶしすぎてなにも見えなかったぜ」

「そうだ、そうだ。まるでおるいさんから後光が射しているように見えたよ」

弥吉と八兵衛がしどろもどろに釈明するのを、

「そうれみなさい。やっぱり見ていたではないか」

と隠居が言葉をはさんだ。


「兄君、どうしてあの刺客を生かして帰したのですか」

落ち着きを取り戻した後、るいが詰問するように言った。

「殺す必要はない。今後、あの二人はわしの前に現われることはあるまい」

鹿之介が意に介さぬように言った。

「あの二人は現われなくとも、また新たな刺客がやって来ます。彼らが帰らなければ、返り討ちにあったとおもわれます。次はもっと強い刺客が来るでしょう」

「わしに野心はないと言った。彼らが雇い主にわしの言葉を伝えれば、新たな刺客を送ることもあるまい」

「ですから、兄君は甘いというのです。あの二人がおめおめと兄君の言葉を伝えに、雇い主の許に帰るとおもいですか。利き腕の手首と膝頭を打ち砕かれ、生涯、得物《えもの》を持てず、歩行もままならぬ身となり、髷を切り落とされては、雇い主に合わせる顔がありません。あの二人はそのまま逐電（逃亡）します。

万一、彼らが帰ったとしても、兄君が存在するだけで敵方にとっては脅威なのです」

「わかった。今後は自重する」

「もう遅うございます。いつも私が裸になって駆けつけるとは限りませぬ」

るいは美しい面をきっとさせて言った。

「許せ。後悔しておる」

「お約束くださいませ。これからは奉行所から助勢を求められても、決して駆けつけぬと」

「約束する」

「道場の出稽古もなるべくお慎みなされませ」

「それでは生計《たつき》はどのようにして立てるのだ」

「私が働きます。殿方とちがって、女は売るものを持っています」

「るい。なにを言うか。そなたの体を売った金で、わしがおめおめと養われるとおもうてか」

「だれが体を売ると言いましたか。まあ、兄君ったら、いやらしいことを考えて……」

「それでは、体を売るのではないのか」

「女が売るものはたくさんあります。その辺の茶屋で客に茶を汲《く》んでも結構な稼ぎになります」

「茶汲みだけではすまぬぞ」

「ご心配ならば、私を見張りなさいませ」

るいが気を惹《ひ》くように笑った。そのとき鹿之介はるいから吹きつけてくるような艶めかしさをおぼえた。

幼いころから妹として見てきたつもりが、いつの間にか見事な異性に成長している。男風呂に全裸で飛び込んで来たるいの姿に、その場に居合わせただれよりもまばゆさをおぼえた者は自分であると、鹿之介はおもった。

ともあれ刺客の襲撃は、鹿之介とるいの居所を敵が探り当てたことを意味する。熊谷家から避難して来た市井の隠れ家も、もはや安全ではなくなった。

だが、鹿之介は別の隠れ家に移転する気はない。別の場所に避難しても、また探り当てられるであろう。逃げつづける限り、敵は追いつづける。

鹿之介はせっかく見つけた居心地よい塒《ねぐら》を失いたくなかった。九尺二間の塒ではあるが、ここはまさに人間の塒であった。

「起きて半畳、寝て一畳」の暮らしの拠点には、気のいい隣人たちが寄り添い、たがいの体温を集めて心温かく生きている。それは格式と武士道でがんじがらめにされた武士の生活には決してない温かさであった。その温かさを知った者は、二度と武士の生きざまには戻れない。武士は人間ではないのである。

だが、鹿之介には落葉長屋に居つづける意思を翳《かげ》らす一抹の危惧があった。それは長屋の住人たちに危険を及ぼすかもしれないことである。現に風呂屋で襲撃されて、隠居以下三人の住人の生命を危険に晒《さら》した。るいの救援が少しでも遅れていれば、彼らも傍杖《そばづえ》を食ってどうなっていたかわからない。

るいが恐れるように、より凶悪な刺客が襲って来れば、長屋の住人の安全を保障できない。いかにるいが手練《てだれ》の忍者であるとしても、るい一人では長屋の全住人を守れない。

だが、山奥や離島にでも避難しない限り、江戸にいれば、近隣の住人に迷惑を及ぼすことは避けられないであろう。

鹿之介が風呂屋で刺客に襲われて三日後、突然、祖父の孤雲が長屋を訪問して来た。

「鮫島兵庫の飼い犬が二匹、消息を絶ち、その行方を探しておるようじゃ」

孤雲はすべてを察したような目をして言った。まだ孤雲にはなにも報告していない。

「すでにお耳に入りましたか」

「やはりお主らの仕業であったか」

「いらざるご心労をかけてもいかがかとおもい、黙っておりました」

「消息を絶った二匹は、兵庫の飼い犬のうちでもかなりの遣い手である。さすがじゃのう」

「るいの働きにございます」

「兵庫もお主らの仕業と察しているようじゃ。近ごろ、殿の御気色がすぐれぬ。殿に万一のことでもあれば、そなたの肩の荷は重くなるぞ」

孤雲はその意味がわかるかと問うように、鹿之介の顔を睨《にら》んだ。

「私は重荷は御免でございます。起きて半畳、寝て一畳、三度の飯を盛る茶碗一客、箸一膳もあれば充分にございます」

「そなたには生まれながらに背負うた定めの荷がある。そなた一人の意思でそれを下ろすことはできぬ」

「お言葉ながら、私には私の意思がございます」

「いまは左様なことを論じ合うために来たのではない。そなたの存在が兵庫らにとってはますます脅威になっているということじゃ。それにもう一つ、気になることがある」

孤雲は周囲に立ち聞きする者もいないのに、声をひそめるようにして言った。

「気になることと仰せられますと」

「幕閣が動いておる気配じゃ」

「幕閣……」

「ご大老が当家に食指を動かしておるようじゃ」

「ご大老が当家に食指と申しますと……御養子……」

「そうじゃ。家督を定めぬまま殿にもしものことがあった場合は、将軍のお血筋をもって当家を継がせまいらせんとの野望を、ご大老が心中温めておるという密かな風聞が、さる筋から聞こえてきたのじゃ」

「それは……」

鹿之介は返すべき言葉に詰まった。

当代将軍は大奥の中臈（妾）に産ませた多数の子の処遇に困り、諸大名家に婿養子として押し込んできた。大老の入れ知恵であったが、これは産ませすぎた子の〝在庫〟を解消すると同時に、将軍家の勢力を諸大名に扶植する名案であった。

だが、将軍のご落胤《らくいん》の押し込み先として狙われやすい、後継の定まらない、あるいはいない大名家は戦々恐々となった。好色多淫の将軍が産ませまくった馬鹿息子たちを、累代の家柄に後継として押しつけられてはたまったものではない。

「兵庫らは、その情聞（情報）を知っておりましょうや……」

鹿之介はようやく問い返した。

「知っておるまい。これはわしが極秘の筋から得た情聞である。兵庫め、身家を危うくするとも知らず、おのれの首を絞めておるのじゃ。仮にその情聞が兵庫の耳に入らば、婿養子を押しつけられる前に松之丞君を迎立せんとして、ますますそなたを取り除こうとするであろう。兵庫やおさきの方には目先のことしか見えておらぬ」

「しょせん、私めには関わりのない雲の上のことにございます」

鹿之介は冷静な表情に戻った。

「関わりがないどころか、大いにあるぞ。それがわからぬそなたではあるまい」

孤雲が顔色を改めて鹿之介を睨んだ。

山羽三十二万石の家督すら眼中に置かない鹿之介が、畏怖する唯一の人物に睨まれて目を伏せた。

「よいか。だれの目にもそなたが山羽三十二万石の後嗣第一位じゃ。幕閣もそのようにおもっておる。松之丞君はその出自を疑われておる。とすれば、そなたさえいなければ、山羽家は家督を失うことになる。影法師が動くやもしれぬぞ」

「影法師……すると、幕府子飼いの」

「そうじゃ。そなたを狙う者は兵庫らだけではないと知れ。山羽家三十二万石は幕府にとっても肥え太った獲物なのじゃ」

孤雲の言葉には改めて身辺を見まわすような真実味《リアリティ》があった。

影法師とは幕府が密かに養っていると噂されている暗殺専門の忍者集団である。その実態は幕府の要人でも限られた者しか知らない。影法師に狙われただけで、すでに死んだも同然と囁かれている、いずれも超常の殺し技を持った忍者集団であるという。

将軍に直属し、幕府にとって好ましくない人物や敵性組織の、暗殺や壊滅を図る。これまでも外様大名の当主や後継者の原因不明の病死は、影法師の仕業であるという噂がある。

「幕府としては公然と動きにくい隠密の作戦に影法師を動かすという。そなたが兵庫らの手にあまれば、影法師が動くやもしれぬぞ」

「影法師が来ようと、兵庫の飼い犬が来ようと、熊谷孤雲仕込み、そして孤雲流忍術を極めたるいが控えおります」

鹿之介は莞爾《かんじ》と笑った。

「そなたとるいのことじゃ。だれが来ようと後れはとるまい。だが、好んで危険を招いてはならぬ。そなたは生まれながらにして山羽三十二万石を背負うておるのじゃ。

下谷に無明寺《むみょうじ》という破《や》れ寺がある。そこの破水《はすい》という住持に会っておけ。変わった男じゃが、力になるであろう」

孤雲は幾ばくかの金子と共に言い残して帰って行った。

帰り際、孤雲は初めて気がついたように、鹿之介のかたわらに控えているるいの方に目を向けて、

「よいな。頼んだぞ」

と節約した最小限の言葉をかけた。それだけで祖父と孫の間の意思疎通《コミュニケーション》は成ったようである。

派遣の用心棒

孤雲の訪問は恐ろしい示唆に満ちていたが、鹿之介にとってはあまり実感がなかった。だいたい影法師の実態そのものが闇の奥に隠れていて定かではない。その存在の有無すら確かめられていない。そんなものを将軍家たる者が動かして、家督を捨て自

ら市井に移り住んでいる一大名の血縁の者を取り除こうとするものであろうか。

将軍が抱え込んでいる落とし胤《だね》の在庫は一人や二人ではないのである。いかに山羽家が幕府にとって肥えた獲物であろうと、影法師を動かしてまで工作するとはおもえない。

「兄君。祖父様《じい》が来られたからには、それなりの理由がございます。祖父様のお言葉を重くお受け取りなされませ」

孤雲の言葉を意にも介していないような鹿之介に、るいが忠告した。

「わかっておる。祖父様は考えすぎなのだ」

「考えすぎではありませぬ。現に風呂屋で襲われたではありませぬか」

「きやつらは影法師ではない」

「影法師かもしれませぬ。風呂屋に待ち伏せするとは、並みの刺客では考え及ばぬこと……」

「わしでも、刺客になれば、それぐらいのことは考えるわ。風呂屋に刀を抱いて入る者はおるまい。そこに考え及ばなかったのは、わしが迂闊《うかつ》であった」

「ともあれ無明寺の破水住持に会うべきと存じます」

「そのうちに会うておこう。これも祖父孝行じゃ」

「そのうちではのうて、すぐにも会いに行きましょう。祖父様はそのことを言いに来られたのだとおもいます」

「難儀なことよのう」

「なにを仰せられます。下谷ならば、それほど遠方ではございませぬ」

鹿之介はるいに手を引かれるようにして、下谷の無明寺に赴いた。

無明寺はその名のごとく、一日、陽《ひ》の当たらぬような窪地にあった。壁は崩れ、屋根は傾き、形ばかりの山門は雑草に埋もれ、無住のように荒れ果てている。近所の住人に聞くと、無住の寺とおもっている者もいるようであった。

雑草が生い茂った境内で、うっかり歩いていると蜘蛛《くも》の巣が顔に張りつく。るいは鹿之介を先導しながら蜘蛛の巣を払った。

突然、がさりと叢《くさむら》から猫が飛び出した。気がつくと一匹ではなく、数十匹の野良猫が境内をうろうろしている。

ようやく本堂にたどり着いたが、人の気配はない。格子の間から覗き込むと、仏具らしいものはなにもなく、床には埃《ほこり》が薄く積もっている。勤行《ごんぎょう》など絶えて久しく行なわれた様子もない。屋内も蜘蛛の巣だらけである。

「人はたしかに住んでいます。草の折れた痕が新しゅうございます」

るいが言った。鹿之介には草に残された足跡はわからない。

本堂にまったく人気が感じられないので裏手にまわると、庫裏《くり》らしき建物がある。

庫裏も本堂以上に荒れ果てているが、人が住み古しているようなわずかな体温が感じられた。

「お頼み申す」

鹿之介が庫裏の入口に立って声をかけた。

「そこのお二人、しばし待たれよ。すぐ終わるで」

屋内から応答があった。同時に妖《あや》しげな喘《あえ》ぎ声が高まった。鹿之介とるいは顔を見合わせた。明らかに声の源を見守ると、状況を推測できるような妖しい気配である。

るいの頬が薄く紅潮した。

一際高く、悲鳴のような嬌声が迸《ほとばし》り、気配がぴたりと止《や》んだ。ほどなくして、

「お入りなされ。鍵はかかっておらぬ」

と先刻の声がかかった。

「どうして二人とわかったのかしら」

るいがささやいた。


庫裏の戸を開くと、屋内の様子が一目で見渡せる。庫裏の畳の上には、いままさにそこで情事がもたれたことを生々しく示す寝乱れた床があり、全裸の女体に打ちまたがったままの海坊主のような巨漢が、庫裏の出入口の方を見てにたにた笑っている。

全身、栄養が行き渡っているような皮膚が、情事の汗に濡れててらてら光っている。

「熊谷鹿之介殿とお見受けした。遠慮のうお上がりなされ」

海坊主が傍若無人の姿勢のまま言った。彼が破水であろう。

「これ、客人じゃ。いつまでかようなところに股を開いて寝ておるか」

破水は下敷きにしている女を叱った。

「和尚様、動けませぬ」

女はようやく声を出した。

「おお、これはいかぬ。そなたを敷物にしておったことをすっかり忘れておったわい」

破水は、いまになって気がついたかのように、ゆらりと床の上に立ち上がった。放精したばかりの一物が少しも勢いを失わず、屹立《きつりつ》している。るいが頬の紅潮を濃くして目を伏せた。

ようやく身体の自由を回復した女は、慌てて身仕舞いをして、別の部屋に逃げ込んだ。どうやら女性信者の一人らしい。檀家もなさそうな荒れ寺に、真っ昼間から女を連れ込んで房事に耽《ふけ》っていた破水は、孤雲が言ったように尋常ではない変わり者のようである。

「初めて御意を得ます（お会いします）。熊谷鹿之介と申します。これなる女性《にょしょう》は……」

「存じ上げております。るい殿ですな。なるほど、まばゆいばかりに美しい」

破水はるいの衣服の下を舐めまわすような目で見た。たったいま女を飽食したばかりでありながら、早くもるいに生臭い野心を燃やしているようである。

「和尚は、よく我らが二人であることがわかりましたな」

「十人ほどまでであれば、草の葉擦れ、空気の動き、においなどで人数、男女の別まで当てられます。はっはっはあ」

破水は豪快に笑った。

「なるほど。境内の叢《くさむら》は伊達《だて》ではございませぬな」

「忍び込んでも、盗むものはなにもないが、まあ、女除《よ》けでござるわ。草の陰にでも隠れておらんと、女どもが集まりすぎて身が保《も》ちませぬ」

破水は女が隠れた別間の方にちらと視線を走らせて笑った。

「和尚様、不躾《ぶしつけ》ではございますが、先程の女性はどこからお入りになりましたか」

るいが控えめに問うた。

「もちろん山門から入ったが、それがどうかしたかな」

破水はとぼけたような口調で問い返した。

「いえ、山門から庫裏まで蜘蛛の巣が張りめぐらされておりましたので」

「そんなことであったか。当寺の蜘蛛は利口ものでの。人が通った後、また直ちに巣を張りまする。冬は枯葉や落葉が訪《おとな》う人を知らせてくれますわい。門番には事欠かぬところですわ」

破水はにんまりとおもいだすように笑った。鹿之介には、破水が女には事欠かぬと言ったように聞こえた。

(たしかに変わっておる)

喉の奥でつぶやいたつもりが、

「いま、なんと言われましたかな」

と破水に問いかけられて、

「いや、こちらのことにございます」

鹿之介は少しうろたえた。

その日は初対面の挨拶に止《とど》めて、無明寺を辞去した。

「いや、驚いたな。女性の腹の上に跨《また》がったまま初対面の挨拶を交わした御仁は初めてだ」

帰途、鹿之介はその場面をおもいだして、おもわず身体を熱くした。

「私、あの人、嫌いです」

るいは言った。

あんな初対面の挨拶をする生臭坊主の印象が、若い女性にとってよかろうはずがない。

「まあ、そう言うな。祖父様の知己《ちき》じゃ。悪い人物のはずがない。女性を踏まえての面魂、頼りがいがありそうではないか」

鹿之介は取りなした。女体を貫いたばかりの破水の屹立《きつりつ》した一物に、鹿之介は一種の位負けをおぼえている。少なくとも女歴にかけては、破水に敵《かな》いそうもない。

だが、女歴が鹿之介を助ける戦力になるであろうか。孤雲が斡旋したのであるからまちがいはあるまい。戦力であるとしても不気味な戦力であった。

無明寺から帰って来ると、客が待っていた。いかにも裕福な大店《おおだな》の主といった体の厚みのある温厚な風貌の訪問者は、本町三丁目に店を出している雑魚《ざこ》屋勘兵衛《かんべえ》と名乗った。

雑魚勘といえば、江戸に聞こえた唐和薬種問屋である。将軍家の御用も務めている。大家の庄内が勘兵衛のそばにいた。

「よかった、よかった。一体、どこをほっつき歩いていたんだい。雑魚屋さんをあまりに待たせては失礼じゃないか」

と庄内はほっとしたような顔をして言った。

「いやいや、庄内さん、突然訪ねて来た私の方が悪い。ご無礼は平にご容赦くださりませ」

勘兵衛は鹿之介の前に深々と頭を下げた。

「まずは、頭をお上げくだされい。このようなむさ苦しいところに雑魚屋さんがわざわざお運びくださるとは、一体、どうした風の吹きまわしでございますかな」

鹿之介は初対面の挨拶に代えて、勘兵衛の来意を問うた。

「過日は手前どもの孫をお助けくださり、まことに有り難うございます。すぐにもお礼に参上いたすべきところ、嫁がご住所をお聞きするのを忘れまして、かように遅くなりましたことをお詫び申し上げます」

「あのときのご幼女が雑魚屋殿の孫でござったか。まずは恙《つつが》なく親許《もと》に戻られて祝着でござる」

「それもひとえに熊谷様のおかげにございます。これはまことに失礼とは存じますが、手前どもの気持ちでございます。ご笑納いただければ幸いに存じます」

勘兵衛はおそるおそるといった体で、水引をかけた折りを差し出した。少なく見積もっても五十両は入っていよう。

「左様なお心遣いは無用になされよ」

鹿之介が折りを差し戻すと、

「それでは手前どもの気持ちがすみませぬ。さしたる額ではございませぬ。なにとぞ手前どもの気持ちをお酌《く》みいただき、お納めくださいませ」

勘兵衛はひたむきな表情をして言った。

「勘ちがいをされては困る。謝礼を目当てにお助けしたのではござらぬ」

鹿之介は頑として言った。

「左様なことは重々承知しております。千両、万両積みましても、孫の身にもしものことがあれば取り返しはつきませぬ。落とした金の拾い主にすら些少の礼をするのは当たり前の話」

「雑魚屋殿のお孫は落とした金ではない」

「落とした金とは比較になりませぬ。重々承知の上のご無礼。なにとぞ手前どもの気持ちをお酌み取りくださいませ」

「お気持ちだけで充分でござる。用心棒でもないのに、謝礼をいただく筋合いはござらぬ」

「ただいま用心棒とおっしゃいましたか」

勘兵衛の声の調子が変わった。

「申したが、用心棒がいかがしたかな」

「ならば、いっそのこと、手前どもの用心棒になってはいただけませぬか。さすれば、これはその手付けということにして……」

「用心棒になれと……」

「近ごろ、商家への押し込み強盗が頻発しております。熊谷様にお守りいただければ、この上なく心強うございます」

「さあ、それは……」

意外な申し出《い》でに、鹿之介は返答に詰まった。

勘兵衛の言葉通り、最近、江戸市中に妖狐《おとか》のおしなと名乗る女を首領とする押し込み強盗団が跳梁《ちょうりょう》していた。深夜、富裕の商家に押し入り、金品を奪い、家人を鏖《みなごろし》にする。

各商家では用心棒を雇って自衛したが、押し込み強盗団は凶悪な腕達者が揃っていて、実戦経験のない用心棒では歯が立たなかった。用心棒もろとも鏖にされるので、最近では金を積まれてもなり手がいなくなっているほどである。

るいが鹿之介に目配せして首を横に振った。

「用心棒と申しましても、住み込みで四六時中守ってくれとは申しませぬ。時折、見まわりに立ち寄ってくださるだけで充分にございます。熊谷様が手前どもの用心棒になってくださるというだけで、賊は近寄りませぬ。なにとぞ、なにとぞご承知いただけませぬか」

勘兵衛は頭を床にこすりつけた。

鹿之介は金が欲しかった。このところ、仕送りが絶え、長屋の住人に養ってもらっている感じである。彼らとて余裕のある生活をしているわけではない。

雑魚屋から提供された用心棒の口は、鹿之介とるいの経済状態を改善してくれる。これ以上、長屋の住人に甘えているわけにはいかない。

「立ち寄るだけでは、いざというときに間に合わぬが」

鹿之介はすでに勘兵衛の持ちかけた口《オファー》を踏まえて話していた。るいが苦い顔をした。だが、彼女もその日暮らしが極限まで窮迫していることを知っている。

「当家にも何人か用心棒がおりまする。熊谷様が駆けつけてくださるまで、なんとかしのげるとおもいます」

勘兵衛の口ぶりは自信ありげであった。雑魚屋は屈強な用心棒を揃えており、あえて鹿之介の腕を求めているわけではあるまい。形だけの用心棒の口を提供して、礼をしようとしていることを鹿之介は悟った。

「もしもの際には、これをお上げなされませ。近くではわかりませぬが、少し離れたところから色のついた煙が見えます。また離れている者にだけ特殊な音が伝わります」

るいが、忍者が連絡用に使う狼煙《のろし》を勘兵衛に差し出した。火薬に特殊な配合がなされ、離れた場所から色煙が見え、訓練された忍者の耳には特別な音が伝わる。今日の超音波のようなものである。

これまで雑魚屋のオファーに消極的であったるいが、忍者狼煙を彼に渡したのは、その日暮らしの限界に妥協したのであろう。

「それでは、お引き受けくださりますか」

勘兵衛は満面に喜色をたたえた。

「ただし、数えたわけではないが、大枚の金子は受け取れぬ。ご持参の半分だけ頂戴仕《つかまつ》る」

鹿之介は言った。半分でも、いまの暮らしには干天の慈雨である。

「やむを得ませぬ。これ以上無理を申し上げて、せっかくのお気持ちを変えられては元も子もなくなります」

勘兵衛は言った。

「それでは半分ということで折り合ってもらえますな」

「当座の御礼としてお受け取りくださいまし」

勘兵衛が折りを引き戻そうとしたのを、鹿之介は手を挙げて制し、

「拙者がまず半分いただいて、残りをお返しいたす。雑魚屋殿にお任せしては、全額を半分と言われるかもわかりませぬでな」

「仕方がございませぬ」

勘兵衛は苦笑した。彼の日頃の商いとまったく逆のやりとりに面食らっているようである。るいが折りの中身を数えると、鹿之介の目分量の二倍、百両あった。

「これはいかぬ。半分でももらいすぎでござる。四半分（四分の一）で充分でござる」

鹿之介はまた新たな条件を出した。

「それでは、少なすぎます」

「この話、四半分でなければお引き受けできかねる」

「私、多年商いをしておりますが、代金を多く求められることはあっても、少なくせよと言われたのは初めてのことにございます」

「これは商いではござらぬ。雑魚屋殿とそれがしの約定でござる」

「お武家様との約定とあらば致し方ございませぬ。それでは当座のお約定ということにいたしましょう」

勘兵衛はようやく折り合った。

雑魚屋勘兵衛が辞去してから、大家の庄内が言った。

「先生の無欲には驚きましたな。孫の命を救われた雑魚屋は、求めれば千両でも出しますよ。それをせっかく差し出した百両のうち、二十五両しか受け取らねえなんて、雑魚屋も驚いていました。それだけじゃねえ。用心棒まで引き受けて二十五両とは、ただみたいなもんでさあ。

いま江戸を荒らしまわっている妖狐《おとか》のおしな一味は、奉行所も歯が立たない手練揃いの斬り取り強盗団です。用心棒を揃えた店が鏖にされている。用心棒を雇わず、素直に金だけ差し出した家が辛うじて命拾いをしております。それも若い女はみな手込めにされています。頭目のおしなは絶世の別嬪《べっぴん》だという噂がありますが、その顔を見た者はいません。女が頭目なのに、金を奪っただけではなく、女どもを犯しまくるのは、おしなが人三《にんさん》化け七（人間三、化け物七。醜女《しこめ》の別称）で、たぼ（美女）を憎んでいるという噂もあります。どちらにしても妖狐のおしなが相手となれば用心棒代に千両吹っかけても高くはありません。二十五両とは無欲にもほどがある」

庄内は呆れたように言った。

「妖狐のおしなとは、それほど恐ろしい相手なのか」

「何十人という腕利きの子分を率いているそうです。鯨の旦那もさすがに手こずっているようです。いずれ先生にお座敷がかかるとおもっていました。鯨の旦那が知ったら、雑魚屋に先を越されたと悔しがるでしょうね」

「そうと聞いては、ますます引き下がれなくなったな」

「雑魚屋にもしものことがあったときは、私が駆けつけまする。兄君はお控えください」

るいが言った。

「なんと……」

「商家の斬り取り強盗づれに、兄君が危険を冒してはなりませぬ。兄君には山羽家の運命がかかっていることを忘れてなきよう……」

「るいまでが左様なことを申すのか。山羽家の運命がどうなろうと、わしの知ったことではないわ」

「好むと好まざるとにかかわらず、兄君の定めにございます」

「勝手にわしに定めを押しつけるな」

「押しつけてはおりませぬ。持って生まれた定めでございます。ともあれ雑魚屋は私にお任せくださいまし」

るいがひたむきな顔をして訴えた。るいは最初からそのつもりで雑魚屋の用心棒を引き受けたらしい。生計のために引き受けたものの、鹿之介には介入させないという姿勢である。

だが、いかにるいが非凡な忍者であっても、凶悪無比の妖狐のおしな一味をるい一人に任せるわけにはいかない。いまここでるいと争っても始まらない。そのときはそのときと、鹿之介はるいを受け流した。

雑魚屋勘兵衛の用心棒を引き受けて数日後、鹿之介の長屋にまた珍しい訪問客があった。鹿之介は訪問客の顔に記憶があった。

「その節は、打ち首、獄門になるべきところをお救いいただきながら、お礼も申し上げず、失礼仕りました。おかげをもちましてお上のご慈悲により、わずかに伝馬町《てんまちょう》(牢)に留め置かれた後、重敲《たた》きのみで放免されてござる。鯨井半蔵殿よりご貴殿のお名前とお住まいを承り、一言お礼申し述べたく、本日まかり越してございます」

と粕谷《かすや》兵左衛門《へいざえもん》と名乗った客は、鹿之介とるいの前に上体を折って丁重に謝意を述べた。

彼は過日、雑魚屋勘兵衛の孫を拉致して、空き家に立てこもった浪人である。

「軽い刑で放免されて、なによりでござった」

鹿之介は粕谷兵左衛門の釈放を喜んだ。

「これもひとえに熊谷殿のおかげでございます。お礼の言葉もござらぬ」

「左様に言われては、かえって痛み入る。まずはお手をおあげくだされ」

鹿之介は彼の前に、床に頭をこすりつけるようにしている兵左衛門に言った。

釈放はされたものの、尾羽打ち枯らしている様子には変わりない。むしろ、初めて会ったときよりも貧窮しているように見えた。

鹿之介の脳裏にある発想が閃《ひらめ》いた。

「粕谷殿、その後、お身内はいかがなされておられるか」

「長屋の者の情けによって、なんとか生き永らえております」

「なにか新しい口でもみつけられましたか」

「それが、まだあいにくと。落ちぶれ果てた浪人には、江戸の暮らしは世智辛うて……」

兵左衛門は言いよどんだ。戦場でこそ本領を発揮する武士は、天下泰平の世に出る幕はない。町人の経済力に押されて日々の暮らしが窮屈になっている時世に、扶持から離れた浪人者が生きるにはまことに過酷な環境であった。

要領のよい者は寺子屋や道場を開き、裕福な町家の子弟や高級武士を門下にして余裕ある暮らしをしているが、手になんの職もない、あるいは武骨一辺倒の浪人は食うや食わずの暮らしのあげく、辻斬り強盗や、反社会的な行動に走る。

武士の都として発展した江戸の町は、戦時体制のまま、徳川長期政権のもと、天下泰平の時代に入り、浪人（失業武士）は死ねというに等しい町であった。

「粕谷殿、もしよろしければ、貴公を推挙いたしたき用心棒の口がござるが」

兵左衛門を尋常ならざる遣い手と睨んだ鹿之介は、彼こそ雑魚屋の用心棒として恰好であると見たのである。

雑魚屋に万一のことがあった場合、鹿之介とるいが駆けつけるまでの間、兵左衛門がいればしのいでくれるであろう。

「用心棒、拙者に用心棒の口をご推挙くださると仰せられるか」

兵左衛門の目が輝いた。

「左様。ヤクザや賭場の用心棒ではござらぬ。暖簾の古い大店で、用心棒を求めてござる。実は拙者もその店に雇われたところでしてな。ただ、用心棒として住み込めぬ事情があって、拙者らの不在中が心許なくおもっておりました。貴殿が拙者らの不在を埋めてくだされば、心強う存ずる」

「ご推挙かたじけのう存ずる。実は日々の糧にも事欠く暮らしのうちに、病身の身内を抱えて、ほとほと困窮しておりましたところ、まさに干天に慈雨でござる。お礼に参上して、結構な口をご推挙賜り、恐縮の極みにございます」

兵左衛門はふたたび身体を二つに折った。

雑魚屋勘兵衛は鹿之介が推挙した用心棒が、自分の孫を拉致して立てこもった浪人者と知って驚いたようであったが、鹿之介の口利きでもあり、粕谷が悔い改め、本来は実直な人物であることがわかって、信頼できる用心棒として迎え入れた。

「粕谷殿が雑魚屋に陣取っていてくれれば、これで一安心だ」

鹿之介は独り悦に入っている。

「粕谷様に用心棒を押しつけてしまったのなら、用心棒代をお返ししなければなりませぬ」

るいが意地の悪い声を出した。

「そ、それは、いまさら返す必要はない。一朝雑魚屋に事あれば、我々が駆けつけて行く」

鹿之介は少し慌てた口調で言った。

勘兵衛から謝礼を受け取ったとき、長屋の住人を呼び集めて椀飯《おうばん》振る舞いをしてしまった。

「あら、駆けつけて行くのは私一人です」

反論すると、また堂々巡りになってしまう。

粕谷兵左衛門は雑魚屋に居心地よくおさまったようである。勘兵衛の好意で、病身の妻女・さとも雑魚屋の離れに住み込めるようになった。兵左衛門はそのこともすべて鹿之介のおかげと感謝しているようであった。

その後、刺客の気配もなく、鯨井半蔵からの捕り物の助っ人要請もない。鹿之介はるいと共に道場の出稽古などをしながら、のんびりと暮らしていた。

だが、るいは、

「だれかに見られているような気がいたします」

と眉をひそめるようにして言った。

「だれかにとは、だれに見られているのだ」

鹿之介が問うと、

「わかりませぬ。何者かの視線を感じます」

「それは男どもがそなたを見ているのだよ。男なら必ず見る。いや、女も見る。そなたが美しすぎるのだ」

「そういう視線ではありませぬ。何者かが私たちを狙っています」

「わしはなにも感じないが……」

「兄君はそのような訓練をしておりませぬ」

「馬鹿にするな。わしも殺気ぐらいは感じ取れるぞ」

「殺気を消しています。尋常の者ではありませぬ」

「るいの考えすぎだ」

「考えすぎならばよろしいのですけれど」

るいも視線については絶対の自信はなさそうである。

「まあ、用心するに越したことはなかろう」

と鹿之介は言ったが、護衛はるいに任せきりで、のんびりしたものである。

江戸は爛漫たる春であった。季節が春であるだけではなく、時代が天下泰平な春であった。

徳川の軍事力によって全国を統一し、武都として開いた江戸が徳川の勢威の確定と共に、諸大名も牙を失い、江戸だけではなく全国の戦場が街角に変わった。武士は出番を失ったが、もはや討ち死にをすることはない。

庶民も生命の安全を保障されて、町の暮らしを愉しんでいる。武士とほぼ同じ人口が、江戸のわずか一・五割の面積に押し込まれたが、町の暮らしの方が断然面白い。狭い土地に犇《ひしめ》き合っているだけに、住人の体温が通い合う。長屋の路地には朝早くから多彩な行商人が行き交う。

決まりきったものしか食えぬ武士に比べて、庶民の食生活はバラエティに富んでいる。遠く離れた台所から運ばれてくる冷めた飯や汁ばかりで辛抱している将軍や大名に比べて、熱いものは熱く、冷たいものは冷たくして食える庶民の方が、豊かな食生活を愉しんでいる。

鹿之介は熊谷家を出て市井《しせい》の暮らしを始めたとき、炊きたての熱い飯に辛子をたっぷりと入れた納豆や、とれたてのしじみ汁を添えたうまさに仰天した。畠からもぎたての枝豆や、河岸から直送の生きのいい魚が運ばれて来る。大名・高家の、多数の手を加えてはあるが死んでいる料理に比べて、まさに生きている味に、鹿之介は衝撃を受けた。

花見にしても、長屋全体で花の名所に出かけて行く。将軍や大名が結構な庭園を囲い込んでのしみったれた花見ではない。

梅雨が明ければ川開きとなり、五月の末から七月の終わりまで、豪勢な花火が連夜のように打ち上げられる。花火船一艘出すにしても、大名・高家は大げさになるが、庶民は小舟一艘、あるいは岸辺から気軽に見物できる。

花火見物は頭上に上がる花火を船から見上げるよりは、岸辺から眺めた方が視野が広くなる。空中に開く花火を反映する水面は、船の上からは見えない。庶民の方が江戸の愉しみを武士よりも多く吸い取っている。

ここのところ、斬り取り強盗も春眠を貪《むさぼ》っているらしく気配がない。

そんなある日、鹿之介の長屋に珍しい客があった。二十代半ばの婀娜《あだ》っぽい女の顔に、鹿之介は薄い記憶があったが、咄嗟《とっさ》におもいだせない。

「破水和尚の使いでまいりました」

みねと名乗ったその女の素性に、鹿之介はようやくおもい当たった。無明寺を訪問したとき、庫裏で破水が押し倒していた〝女信者〟である。

みねは破水からの言づけものであるといって、妙なものを持参して来た。

「近頃、こちらの方角に不穏な気配を感ずるので、この猫をしばらく預けておくと和尚が申しておりました」

とみねは言って、懐に入れて来た猫を差し出した。猫は人に馴れていると見えて物《もの》怖《お》じもせず、るいのかたわらに歩み寄ると、にゃあと鳴いた。

「この猫は怪しい者が忍び寄りますと知らせます」

　みねの言葉に、鹿之介とるいは改めて猫に目を向けた。白毛だが、首と前足に首輪と足輪をはめたように縞毛を巻きつけているかわいげな猫であった。

　二人は破水を訪問したとき、境内に数十匹の野良猫がうろうろしていたことをおもいだした。無明寺の境内にいた野良の一匹かもしれない。

「和尚がこの猫を預けると言われたか」

「はい。ただの猫ではありませぬ。遠方の怪しい気配を感じ取り、知らせます。犬よりも鼻が利きます。餌は勝手に見つけます」

「和尚はこちらの方角に怪しげな気配があると言っておったのだな」

「左様でございます。怪しい気配というよりは、腥《なまぐさ》いにおいを嗅ぎつけたのでございましょう。ご承知のように生臭坊主ですから」

　みねは身体を妖しげにくねらせた。衣服の下のなまめかしい裸身を鹿之介は見ている。るいの目が少し緊張した。

「それにこの子、もう一つ特技を持っています」

みねは謎をかけるように言った。

「もう一つの特技……？」

「殿方が浮気をして帰って来ると、知らせるのです。旦那もご注意あそばせ」

と鹿之介の顔を探るような目をした。途端にるいの表情が和んで、

「そういうことであれば大歓迎です」

と言った。

「わしは浮気などせん。それに勘ちがいしてはならぬ。この者は妹である」

と鹿之介の口調が抗議するようになった。

「ただの妹ではありませぬ」

るいの口調がさらに抗議的になった。

「あら、それではどんな妹さんですの」

すかさずみねが問うた。るいがなにか言おうとしかけたのを、鹿之介は、

「答えるには及ばぬ」

と制した。

「こぞと呼んでください。餌はやらなくても、自分で勝手に探します」

と、みねは猫を残して帰って行った。

こぞが来てから数日後の夜、るいががばと寝床から跳ね起きると同時に、殺されるような悲鳴をあげた。

「るい、どうした」

るいが寝衣の前がはだけているのも気がつかぬように、

「こぞが、こぞが」

と叫ぶと、鹿之介にしがみついてきた。恐るべき手練を秘めたるいにしては珍しいことであった。

るいが震える手で指さした枕許を見ると、こぞが捕まえて来たらしい鼠の死骸が置いてある。食いちぎられて、首と胴が離断し、るいの枕許がべっとりと鼠の血で汚れていた。かたわらにこぞが不思議そうな顔をしてうずくまっている。

みねがこぞを預けるにあたって、餌は勝手に見つけると言ったのは、このことであった。

最初の衝撃が鎮まった後も、るいは鹿之介にしがみついたまましばらく離れない。寝衣の乱れた裾を直そうともしない。こぞがしきりに鳴いた。

「この猫、妬《や》いているみたい」

るいがようやく声を発した。

それ以後、るいはこぞに鰹節をたっぷりとかけた残飯をあたえるようになった。

こぞは鼠をくわえて来なくなった。

「こぞに鰹節をあげたら、鼠を獲らなくなったみたい」

るいは少し恨めしげに言った。どうやら鼠にかこつけて、鹿之介にしがみつく機会を逸したことを口惜しんでいるようである。

「破水和尚がこちらの方角に不穏な気配がすると言われたことは、私の感じていたいやな視線と一致します。こぞを貸してくれたのも、私の勘と和尚の勘が一致したからです。くれぐれも油断は禁物です」

るいは、江戸の春をのんびりと愉しんでいる鹿之介を戒めた。

妖狐の群盗

江戸の春は速やかに終わり、町を新緑が彩った。江戸のような若い町には、若い季節が似合う。どんな平凡な街角も新緑に染められたような青い風が吹き抜け、この季節特有の陽気な気配が立ち上る。

街角にエネルギッシュな生気が弾む。気の早い金魚屋が長屋の木戸に番台を置いて船を漕いでいる。忍び寄った猫が、盤台から金魚をすくい取り、口にくわえて逃げたこそであった。

その日深更、こぞが枕許に来て、妙な声で鳴いた。一拍遅れて、るいが寝床から跳ね起きた。江戸の町は寝静まり、犬の遠吠えも聞こえない。るいは遠方の気配に耳を澄ましている。

「るい、どうした」

ようやく鹿之介が起き上がった。るいはそれに答えず、枕許のこぞを蹴飛ばすようにして、長屋の外に飛び出した。こぞが後を追った。

本町三丁目の方角の夜空に赤い色煙が自ら発光するように立ち上っている。

「雑魚屋に賊が押し入ったぞ」

鹿之介は押っ取り刀で駆けだそうとした。

「なりませぬ。お約束です。兄君は動いてはなりませぬ。私にお任せください」

るいが制止した。

「左様な約束をしたおぼえはない。いま論じ合っている閑《ひま》はない。行くぞ」

るいの制止を振り切って、すでに鹿之介は駆けだしていた。この間にも、粕谷兵左衛門が凶悪な妖狐一味を相手に、絶望的な抵抗をしているであろう。

もはや制止しても無駄と判断したるいは、鹿之介の後を追った。


その夜、雑魚屋に押し入った妖狐一味は九人を数える。深更、寝静まったころを測って、裏手の塀の忍び返しを難なく乗り越えた一味は、裏庭に放し飼いにされていた番犬を、悲鳴をあげる間もなく斬り落として、廊下の雨戸を蹴破った。

当夜、雑魚屋には兵左衛門以下、四人の用心棒がいた。だが、我に倍する賊の数と、めらめら燃え上がるような凶悪な殺気に気圧されて、三人は戦わずして尻尾を巻いて逃げ出した。九人の一味の前に立ちはだかったのは兵左衛門ただ一人である。

「無駄な足掻《あが》きはよせ。無益な殺生はしたくない。刀を捨てろ。命だけは助けてやろう」

先頭に立った首領格が余裕のある声で言った。一味全員、覆面・黒装束で、黒い炎のような殺気を吹きつけてくる。首領格が手に提げた白刃は、すでに犬を斬った血を吸っている。

この場の首領格は男である。一味の総指揮者・おしなは背後で糸を引いているのであろう。

主《あるじ》の家族は逸速《いちはや》く、離れの奥にある隠し部屋に避難させたが、探し出されるのは時間の問題である。番頭、手代、女中、丁稚《でっち》など、店の者十数名を兵左衛門一人では守り切れない。守るどころか、一対九の決定的劣勢では、兵左衛門自身生き延びられるかどうかさえわからない。

一味を一目見た兵左衛門は、いずれも遣い手揃いであることを察知した。ねがわくば店の者のだれかがあげた狼煙に気づいて、鹿之介らが駆けつけてくれることを祈るのみである。

「よほど命が惜しくないと見えるな」

首領格は覆面の下でうっそりと笑い、顎《あご》をしゃくった。配下が兵左衛門を渦に巻き込むようにして襲いかかって来た。

鋼と鋼がかみ合い、金気くさいにおいが空気に漂った。受け太刀のみで、返し枝を振るう閑がない。兵左衛門は狭い屋内を絶えず移動した。多数を相手の戦闘では、静止すればたちまち押し包まれてしまう。多数の網に搦め捕られないために移動しながら、敵の乱れを突いて反撃を加える。兵左衛門の唯一の利点は、戦いの場の勝手を知っていることであった。

一味は屋内戦闘に慣れていた。巧みな連携を保ちながら激しく移動する間にも、一糸乱れず隙を見せない。兵左衛門は次第に息切れがしてきた。空気に金気のにおいに混じって血のにおいが振りまかれている。

致命傷ではないが、兵左衛門は身体各所を斬られていた。敵にも浅傷《あさで》を負わせているが、反撃を完了できず、敵の戦力は少しも衰えていない。

「ただ一人に遊んでいる閑はない。そやつは疲れてきておる。包み込んで一挙に叩け」

首領格が命じた。数人が兵左衛門にかかり、手の余った者は屋内の物色を始めている。女中の悲鳴が聞こえるのは犯されているのかもしれない。

屋内には兵左衛門の妻女・さともいる。一味の毒牙にかかっているのはさとであるかもしれない。兵左衛門は焦った。焦れば敵につけ込まれることはわかっているが、多勢に無勢の絶望的な戦況を覆せない。

戦意は少しも衰えていないが、身体が重くなっている。動きが止まったときが最後である。

「退け。こやつはおれに任せろ。金を探せ」

意外に手強《てごわ》い手合わせにじれったくなったらしい首領格が前に出て来た。立ち合う前から強い圧力が迫った。兵左衛門は一瞬にして、これまでの相手とはちがうことを察知した。

配下を阻止したくとも余力がない。配下には金よりも女に飢えている狼が多い。

兵左衛門はさとが彼らに発見された場面をおもって、総毛立った。いまさら夫婦して住み込んだことを後悔しても、後の祭りであった。

離れの方角から若い女の悲鳴が聞こえた。主の家族が発見されたようである。

「なまじ腕立てせずば、命を失わずにすんだものを」

首領格は唇の端を薄く曲げて笑った。

無造作に間合いに入った首領格の剣尖が、風を巻いて振り下ろされた。人を斬り慣れた太刀筋である。

第一撃は辛うじて躱したものの、反撃する余力はない。兵左衛門は斬り立てられた。受け、躱し、逃げている間に、絶体絶命の窮地《コーナー》に追いつめられていく。躱す都度、身体の各所をかすられている。

「遊びはこれまで」

兵左衛門を確実に追いつめたと確信した首領格は、仕留め《フィニッシュ》の太刀を構えた。だが、絶望の淵に立っても、兵左衛門はまだあきらめていなかった。

敵は絶対的優位に驕《おご》っている。自分の勝利を疑っていない。そこに最後のチャンスがあった。

止めの太刀を振るう瞬間、敵も兵左衛門の間合いに入る。敵の自信たっぷりの太刀は兵左衛門を仕留める瞬間、その動きを封じ込められている。その瞬間こそ、絶体絶命の窮地から相討ちに持ち込む唯一の機会である。

身を捨ててこそ浮かぶ瀬もあり。兵左衛門は自分に言い聞かせた。

「許せ」

兵左衛門はさとに詫びた。自分が敵の首領格と相討ちになれば、さとを守る者はいない。だが、一方的に斬り捨てられても結果は同じである。一太刀浴びせて敵の首領格と相討ちになれば、用心棒としての責務は最小限果たせる。

首領格を相討ちにされた一味も動揺するであろう。その間に鹿之介が駆けつけてくれるかもしれない。


鹿之介は走った。彼の前をるいが走っている。るいは軽やかに呼吸を乱さず、一定の速度を維持して走りつづけている。鹿之介はるいに従《つ》いて行くのが精一杯であった。だが、るいの速度に合わせていると、不思議に息が乱れない。忍者独特の走法は長時間一定の速度を維持できるようである。るいに歩速を合わせていると、ある種の緩急があり、走りながら体調を整えている。マラソンと同じ要領で体力を巧みに配分しながら走っていることに気づいた。

それは正確には走るのではない。足をx字型に組んで、蟹《かに》の横ばいのように進んでいる。左右両足を、左から右へ引きつけて足先を地上に着け、宙を飛ぶように横に歩行する。この方法であれば、普通の前方への歩行三に対し五進める。

これを走法に利用すれば、壁を伝い、狭い隙間も通り抜け、いかなる事態にも対応して、全方位に転ずることができる。

「行き着く先は修羅場にございます。息の乱れたまま討ち込めば返り討ちに遭うやもしれませぬ。妖狐一味はいずれも尋常の者にあらず。戦う力を蓄えたまま走りませ。吐く息よりも、なるべく大きく吸い込むようになされませ」

るいは走りながら息も乱さず、鹿之介に言った。鹿之介がなにか問いかけようとすると、

「話をなされてはなりませぬ。いまはただ走りなされ」

と言って、また一段と加速した。

(粕谷殿、生きていよ。死んではならぬ)

鹿之介は走りながら心に念じた。彼を死なせては、鹿之介が死地に送り込んだことになる。兵左衛門の死はさと、および雑魚屋の全員が鏖に遭うことを意味する。

(粕谷殿。我らが着くまで保ちこたえられよ)

痛覚はまったくなかった。首領格の止《とど》めの一刀は確実に兵左衛門の生命を切り裂いていた。

同時に兵左衛門は充分な間合いに入った首領格に、祈りを込めた一刀を討ち返していた。兵左衛門の身体に充分に食い込んでいた首領格の刀は、予想もしなかった兵左衛門の同時反撃に対応できない。

まさに窮鼠《きゅうそ》猫を嚙むであるが、自信をもって獲物を追い込んだ首領格は、まさか獲物が起死回生の反撃に出るほどの余力を残していようとは考えてもいなかった。愕然としたときは、すでに首領格自身、窮鼠の牙を充分に身体に突き立てられていた。

彼我双方、共に勝利を確信したときは死の急坂を転がり落ちていた。そこに一陣の旋風のように鹿之介とるいが駆けつけた。

「粕谷殿」

彼我の血の海の中に、死によって達せられた和解を慈しむように、斬り結んだ太刀を絡めたまま倒れ伏している兵左衛門を、鹿之介が抱き上げた。兵左衛門にはまだ虫の息があった。

「粕谷殿。気を確かに持たれよ」

兵左衛門は薄く目を開き、消えゆく意識を振り絞るようにして、

「不甲斐なき用心棒、面目次第もござらぬ」

と途切れ途切れに言った。

「なにを言われる。充分なるお働き。貴公を死に追いやったのは拙者、なにとぞお許しくだされ」

「あの節、すでに死ぬべき身をお助けくだされ、武士としての死にどころを賜った。さとをお頼み申す……」

それが兵左衛門の最期の言葉となった。

この間、るいは屋内に散開して金を探している一味に仕掛けていた。賊首領格を討たれて衝撃を受けていたところに、駆けつけて来た鹿之介とるいに、一味は束の間ひるんだが、

「たかが二人、一人は女だ」

「女は殺すな」

たかが二人と見て立ち直った。美形のるいに別な野心を起こしたようである。

だが、彼らの目算ははずれた。たかが女の痩せ腕とあなどって向かい合った一味は、目にも止まらぬ早業で、利き腕や足の骨を折られて、戦闘能力を失っていた。彼らは自分の身に起きたことが信じられないようである。

主力を鹿之介に向けていた一味は、るいが侮《あなど》りがたい戦力であることを悟った。

「女と見て侮るな」

残った一味は戒め合って、鹿之介とるいに平等に兵力を分けた。依然として賊の兵力の優位は変わっていない。

「きさまら、一人として五体満足では帰さぬ」

鹿之介は兵左衛門を討たれた怒りを、残った一味に猛然と振り向けた。二人は背中を合わせることもなく、それぞれが独自の渦の中心となって身を挺していた。

ただでさえ少ない兵力を、多勢に対して二分することは不利な戦法であるが、二人はなんの連携も取らず、それぞれが勝手に動いている。むしろ、賊一味の方が兵力を分断されて浮き足立っていた。

床に這うのは賊一味ばかりである。鹿之介が剣を振るえば、必ず一味のだれかの身体に当たった。怒りの剣勢は凄まじく、辛うじて受けた賊は押し切られていた。受ける間もない賊は、足や腕の骨を叩き折られている。

鹿之介に斬る気がないわけではなく、無益の殺生を避けているだけである。賊の戦う能力さえ削《そ》げば、用心棒の任務は果たせる。ただし、一時的な能力の喪失ではなく、二度と刀を握れぬ身体にしている。

兵左衛門は一方的に斬り殺されたわけではない。賊一味の首領格と相討ちに終わった。一味は、生かしておけば必ず世間にあだなす輩《やから》である。これまでにも押し入った家の家人を殺《あや》めている。

その報復をするのは鹿之介の務めではない。二度と人を殺められぬ身体にするだけで充分である。あとは奉行所に任せればよい。

一方、るいにかかった一味は、これまでとはまったくちがう相手に面食らっていた。尋常の女でないことはわかったが、得体の知れない相手であった。

手練の必殺の一撃を送り込んだ空間に、彼女はすでにいない。早すぎる身の動きに剣がついていけない。

「こやつ、この世の者か」

賊の一人がうめいた。彼らはあやかしか化け物を相手にしているような気がした。

自信を持って送り込んだ必殺の一撃が、躱されたのではなく、空を切る。一瞬、我が身の見当識(位置の見当)を失うと、あらぬ方角から手裏剣が飛んできた。

「気をつけろ。この女は忍者《くノ一》だ」

一味のだれかが警告したときは、身体の自由を失っている。全身に巨大な蜘蛛の巣のような網が絡みついていた。斬っても、振り払っても、べったりと絡みつき、もがけばもがくほど身体の自由を失っていく。

粘着力のある蚊帳のような網が全身に絡みついていると悟ったときは、すでに床に引きずり倒されていた。

修羅場を潜ってきた一味も、これまでこのような攻撃を受けたことはなかった。蜘蛛の巣に搦め捕られたイモムシのように地上に転がったとき、

「二度と悪さをしないようにお仕置きをします」

という声と共に、腕か足の骨を折られていた。一味はこのときになって、鹿之介が「五体満足では帰さぬ」と言った言葉の意味を知った。

悪事を働く以外に能のない一味が、二度と復元できないように腕や足の骨を折られては、生きる術を失ったも同然である。彼らにしてみれば、ひとおもいに斬られた方がましであった。奉行所に引き渡されれば、極刑は免れない。たとえこの場を逃れたとしても、物乞いをしながら長い流浪が待っている。

鹿之介とるいが一味を殺さなかったのは、死よりも厳しい報復であることをようや

く悟った。

戦闘は四半刻《とき》（三十分）で終息した。九人の一味中、首領格は粕谷兵左衛門と相討ちに終わり、六人が床に這ってうめいていた。残る二人は二対二で鹿之介とるいに向かい合ったとき、とうてい勝ち目がないと悟って、仲間を残して逃げ出した。追おうとしたるいを、鹿之介が制止した。

「なぜ逃がすのですか」

「逃げる者は追うな」

「きやつらを逃がせば、仲間を引き連れて報復にまいります」

「仲間の許へは戻れぬ。戻れば、妖狐に処刑されるであろう。追いつめれば牙を剝くぞ。あの二人、我らに決して二度と牙は剝かぬ」

鹿之介は鷹揚《おうよう》に言った。

るいは追跡をあきらめた。忍者は決して敵を逃がさぬ。どだい、敵の戦う能力を奪うだけでよしとする鹿之介の戦法に不満である。食うか食われるか。食わねば食われる戦いにおいて、そんな悠長な戦いぶりでは食われてしまう。

兄君は君主の器ではあっても、戦士ではない。そんな鹿之介を護衛する難しさを、るいは再認識した。

このことによって、鹿之介は妖狐のおしなの怨みを買った。今後は刺客だけではなく、おしなに対しても備えなければならない。るいは覚悟を新たにした。


妖狐一味の首領格の死骸と六人の配下は、奉行所に引き渡した。雑魚屋の家人一同には、女中の一人が犯されかけたが未遂に終わり、それ以上の被害はなかった。

雑魚屋を守り通した鹿之介とるいは事情を聴かれただけで、なんの咎《とが》めもなかった。咎めどころか、鯨井半蔵は、これで妖狐一味を一網打尽にする端緒がつかめたと喜んでいる。

捕縛された一味六人は、いずれも独力で身動きできないほど鹿之介とるいに打ちのめされていたが、生命には別状ない。彼らを締め上げれば、妖狐一味の全貌がわかるであろうと、半蔵は舞い上がっている。

「お奉行より追ってご沙汰があるであろう」

と半蔵が言った沙汰とは、褒賞の意味があるのかもしれない。

雑魚屋は妖狐一味を相手に、一人奮戦して首領格と相討ちになった粕谷兵左衛門を丁重に弔った。

勘兵衛はさとのために家を一軒、提供しようとしたが、彼女はそれを断り、鹿之介の長屋に入居することを希望した。せっかく勘兵衛が提供した居心地よい生活環境を捨て、鹿之介の長屋に来たいと言ったのは、武士の妻としての誇りに加えて、夫からかねがね鹿之介に救われたことを聞いて、彼を尊敬していたせいのようである。

そして、妖狐一味から鹿之介に救われたことで、彼に対する信頼が確定したらしい。

鹿之介は拒まず、るいや長屋の住人一同もさとの入居を歓迎した。

長屋の花火

雑魚屋襲撃後、しばらく平穏無事な日がつづいた。だが、るいは落葉長屋を的にした殺気が確実に煮つまっている気配を察していた。妖狐《おとか》一味がこのまま引き下がるはずがない。またおさきの方と鮫島兵庫の蠢動《しゅんどう》も気になる。

鹿之介が雑魚屋を守って妖狐一味を撃退したことは、彼らの耳にも入っているであろう。妖狐や鮫島兵庫の刺客の間を縫って、影法師が動くやもしれぬ。この三方の敵が共同戦線を張ると怖い。彼らの利害はある部分では一致している。

まず、おさきの方（鮫島兵庫）一味と影法師は鹿之介を取り除けば、山羽家三十二万石を取り込める。そこまでは両者協力して、おさきの方の子・松之丞には継嗣としての血筋に疑いがあると言いがかりをつけて、山羽家三十二万石を召し上げてしまう。おさきの方には幕府の野心は見えていないであろう。

妖狐一味は鹿之介を討てば、一挙に名前（悪名）が上がる。たとえ悪名であっても、妖狐に歯向かう者はいなくなるであろう。妖狐の名前を聞いただけで、江戸の富豪は金を差し出す。妖狐にしても、このまま引き下がっては悪党仲間から蔑《さげす》みを買う。この世界ではなめられたらやっていけない。鹿之介に対する報復は、妖狐にとって死活問題であった。

鹿之介はそんな状況を意にも介さず、能天気に暮らしている。江戸の市井の暮らしを心から愉しんでいるらしく、さしたる用もないのに出歩く。

「江戸の町は、ただ歩くだけでも愉しい。雨が降って、道端に水たまりができたら、釣り糸を垂れてみろ。魚が捕れるやもしれぬぞ」

そんな太平楽を並べて、あちこちに出かけて行く。

るいは気が気ではない。おんぼろ長屋でも、中にいれば地の利を得、長屋の衆もいて、充分な警備ができる。だが、外に出れば刺客はいつでも、どこでも、彼らにとって都合のよい時と場所を選んで仕掛けられる。るいが他出はなるべく控えるようにと忠告しても、

「るいが張りついていてくれれば、いかなる手練も手出しできぬよ。お主は日本一の女忍《くノ一》だ」

「私をあまり買いかぶらないでくださいまし。外で多数に囲まれれば防ぎようがなくなります」

るいは鹿之介が自分を秘密兵器扱いしていることに閉口した。きっと彼はるいが万能の神通力を持っているとおもっているのであろう。

夏に向かって陽気がよくなってくるにつれて、落葉長屋の住人たちも浮かれ立ってきている。

今年は花の満開時に春の嵐がきて、満足な長屋の花見ができなかったので、住人たちの欲求不満《ストレス》がたまっていた。

「あんな屁のような花見じゃあ、花を見た気がしねえや」

「花見のかわりに、隅田川に繰り出して花火見物といこうぜ」

「そいつは豪勢だ。花より花火、酌は美女《たぼ》に限らあな」

「花火がなんで美女《たぼ》に関わりがあるんでえ」

「落葉長屋の奇麗どころが勢揃いしたら、江戸中が目を剝くぜ」

「調子のいいことを言うんじゃねえ。奇麗どころが一緒に行くとはまだ言ってねえぞ」

　職業も読売り（瓦版屋）、油売り、蚊帳売り、一人大工、薬師、歯磨き売り、白拍子（踊り手）、弓師、扇子売り、針磨《す》り、研ぎ師、畳刺し、旅医者、絵師、糸師、旅絵師、細工師、駕籠《かご》屋、季節に応じて心太《ところてん》、甘酒、汁粉、蕎麦《そば》などの担ぎ売り、通い枕（今日のコールガール）など、長屋の住人だけで自給自足できるほどに多種多様である。

　花見の欲求不満がたまっていた長屋の住人たちの間に、船を仕立てて花火見物をしようではないかという声が盛り上がってきた。ナイトライフに乏しい江戸の庶民にとって、夏の花火は最大の娯楽である。

川開きの五月二十八日から七月末まで、隅田川では連日のように花火が打ち上げられる。

川面《かわも》には幕府高官、大名、武将などが豪勢な花火船を仕立てて繰り出す。竜頭鷁首《りゅうとうげきしゅ》の大名船から趣向を凝らした豪商、大町人の船、屋形船など、花火は二の次に、船の妍《けん》を競う。

その間に庶民の小舟が繰り出し、これらを目当てに物売り舟が漕ぎまわって、花火の夜は東の川岸より西の川岸へ船から船を渡り歩いて行かれるといわれるほどである。

川中だけではなく、両岸の、また花火の見える限りの場所では、屋上や物干し台、あるいは火の見櫓《やぐら》に登って見物し、両国橋界隈は涼み茶屋、見世物、飲食店、露店等が立ち並んで、夜を徹して涼み客が出盛った。

水上花火見物はたちまち長屋住人の総意となった。るい一人が苦々しい顔をして黙していた。住人たちの先頭に立って花火見物の音頭を取っているのが鹿之介である。

「兄君、長屋の衆が花火見物に行くのは勝手ですが、兄君はお控えあそばせ」

るいは黙っていられなくなったように、鹿之介に忠告した。

「なぜだ。長屋のみんなと花火見物をして、なにが悪いのだ」

鹿之介はせっかく盛り上がっていた気分に、水を差されて鼻白んだ。

「知れたことでございます。川の中に船を漕ぎ出して花火見物などをしていれば、狙う者にとってはおもう壺。ましてや、船が混み合う花火見物の夜などに船を漕ぎ出せば身動きができませぬ」

「我が方が身動きできなければ、敵も身動きできぬではないか」

「敵は船に乗って来るとは限りませぬ。水中を潜って来れば、防ぎきれません」

「それこそ、取り越し苦労と申すものよ。河童《かっぱ》でもあるまいし、水中を潜って仕掛けて来る者はあるまい。仮にいたところで、船の上にいる者と、水中にいる者では、船の上が有利に決まっておるではないか」

鹿之介はるいの忠告に耳を貸さなかった。

るいも止めきれない。そして、長屋の象徴となっている鹿之介とるいが「長屋の花火見物」から外れることはできない。るいは困ったことになったとはおもいながらも、全住人が愉しみにしている花火見物をしぶしぶ認めざるを得ない。

混雑を極める隅田川の上で敵に襲われた場面を想像するとぞっとするが、鹿之介がどうしても参加すると言い張る以上、るいは全能力を尽くして彼を警護しなければならない。

ともかく最も混雑する五月二十八日の川開きの当夜は、るいが必死に説得して避けさせた。

「水面《みなも》も見えぬような川開きの当夜では、まともな花火見物はできませぬ。花火は七月の末までつづきます。人が多く集まりすぎて、納涼花火どころか暑くなるという川開きの夜に漕ぎ出すこともありますまい」

と説得されて、不承不承六月に入ってから出かけることに譲歩した。

ところが、その年は長雨《ながあめ》がつづいて、川開きから数夜、湿った花火となってしまった。しとしとと降りつづく残り梅雨《づゆ》に濡れながら、不景気な花火を見物しても一向に盛り上がらない。納涼どころか、むしろ梅雨寒に震えるような川中に漕ぎ出す花火船も少ない。

そんな湿った花火が数夜つづいた後、長屋の花火見物の当夜は久しぶりに晴れ上がり、満天の星となった。

出《で》足端《ばな》を挫《くじ》かれていた江戸の四民がどっと隅田川に繰り出した。るいの配慮が裏目に出て、当夜は川開きの数倍の人出、船出となった。長屋の住人は喜んだ。

「ざまあみやがれ。日ごろの心がけがいいから、花火の神様がおれたちのために長雨を止めてくれたんだ」

「花火見物はこうでなくちゃならねえ。梅雨の花火なんざあ屁みてえなもんよ。今夜が本当の川開きってえもんだぜ」

「ざまあみやがれ。落葉長屋の御利益、おもい知ったか」

長屋の連中は意気軒昂として、この夜のために大家の庄内が借りた船に乗って隅田川に漕ぎ出した。住人一同、家族を含めて三十名ほどが一人も欠けずに参加している。鹿之介はこぞを連れてきた。

庄内が借りた船は中型の屋形船であるが、大人数をつめ込んだので、体温でむしろ暑くなった。だが、住人は熱気で盛り上がって喜んでいる。

周辺の水域には九間、十間の大型屋形船や、乗っている武士の人数を示す槍を屋形の簾《すだれ》に添えて掛け並べている武士の納涼船も出ている。

富商の屋形船では、船中に芸妓、囃子方、幇間《ほうかん》など取り巻きを連れ込み、鼓太鼓や琴、三味線に合わせて賑やかに踊っている。それを見物しようと小舟が取り巻く。

その間を餅、酒、饅頭、田楽、魚、瓜、蕎麦切り、枝豆などを商う売ろ売《う》ろ舟（物売り舟）が漕ぎまわっている。花火を売る舟も来た。

船の大きさ《サイズ》や贅美さにおいては劣ったが、落葉長屋の花火船は富商や大身《たいしん》の武士の船を圧して、一際目立っていた。

まず乗船している人間どもの多彩さである。富商や武士の船はおおむね人種が限られているが、長屋の花火船は江戸庶民の縮図のような多彩な人間によって占められている。

なんといっても、その中で一際人目を惹くのがるいと白拍子の夢夜叉《ゆめやしゃ》、高級通い枕・れん、無明寺から特別参加したみねの四人の圧倒的な美しさである。みねは破水和尚の使いで長屋に出入りしている間に住人と親しくなった。この四人を取り巻く美声の蚊帳売り・清三郎、旅絵師の南無左衛門、瓦版屋の文蔵などの芸達者が歌や囃子に合わせて華麗に舞い踊る。

さらにその周りから扇子売りの仙介、大工の組太郎、弓師の弥蔵、針磨《す》りの鋭太、畳刺しの政次郎、研ぎ師の利助、魚屋・新吉、駕籠屋の八兵衛と弥吉、糸師の長四郎、歯磨き売りの与作、細工師の三太などが囃し、時に応じて合手《あいのて》を入れる。

その間、薬師の百蔵と油売りの滑平の協力を得て、るいが忍法の火術を応用してつくった特製の花火が打ち上げられる。一体、どんな工夫がしてあるのか、色彩、音、高さは両国橋上・下流の花火打ち上げ船から専門の花火師が打ち上げる花火を圧倒している。

忍者が合図や交信に打ち上げる狼煙《のろし》を応用した花火は、花火師の花火よりも高く上がり、華麗な色彩で花火客の視野を彩り、ほぼ同時に轟音が耳を弄《ろう》する。

当時、九十九尺の花火高度の規定をとうに破っているが、奉行所の役人も啞然として見守っているだけである。

もともと花火の規制はなきに等しいものであり、特に川開き期間中は大目に見られている。九十九尺が限界といっても、だれも花火の高度を正確に測れないことを知っている。それでなくても庄内は奉行所に顔が利く。

大家の庄内を中心に、旅医者の安針、隠居の善九郎、特別参加の無明寺の破水、そして鹿之介らは住人の歌や踊りを見物しながら悠然と盃を口に運んでいる。

奇麗どころを集めた富商の屋形船や、槍を連ねた大身武士の威勢も、群を抜く四人の美女と芸達者を集めた長屋の花火船の前には霞んでしまった。

長屋船の迫力は水上だけではなく、両岸の見物にまで及んでいる。

岸辺に軒を連ねる料理茶屋、水茶屋、船宿などの軒提灯《のきぢょうちん》、その他の飲食店の客、また火の見櫓や民家の物干し台や屋根、さらに両岸を埋め尽くし、両国橋が落ちそうなほど橋板に満載した大群衆など、江戸中の人口の半分が集まって来たとおもわれるほどの見物客が、夜空に炸裂する夏の花と共にどよめき、大歓声をあげている。その反応が花火師の花火よりも長屋の花火の方が断然大きい。

「おい、豪勢なもんじゃねえかよ。長屋の花火船がお大名や大金持ちの商人の船をぶちかましてやがる」

「これが江戸っ子の心意気だあな。貧乏人を馬鹿にすんじゃねえぞ」

落葉長屋は花火の条件である色、音、高さに加えて、見物の反応までも我が物とした。見物客の大多数を占める庶民は、貧乏長屋が武士、金持ち、また彼らに雇われた花火師を圧倒したことに溜飲を下げ、快哉《かいさい》を叫んだのである。

その夜は適度の風もあり、花火に伴う煙を吹き払う好条件となっていた。川面を埋めた大・中、小の船の灯《あか》り、両岸に連なる満楼の灯火、そして頭上の星の海を消して妍《けん》を競う夏の花、菊花、梅花、桜花、枝垂れ柳、唐松、提灯、万灯、藤。

銀波、光波、光露が幾重にも押し寄せ、人工流星が本物の流星を駆逐し、滝が落ち、雷光が目を射る。万星が空に溢れて消えた後、本物の星の海がようやく自己主張しても、見物客の目が慣れていない。

さすがのるいも、花火と踊りや囃子《パフォーマンス》と大群衆の興奮を移されて、刺客の脅威を忘れていた。

江戸四民が夏の夜の豪勢な花火見物に興奮の坩堝《るつぼ》と化しているとき、どんな悪意も溶かしてしまうような錯覚をおぼえた。

花火見物の興奮が極まったとき、るいが突然、顔色を改めた。そのとき、連れて来たこぞが鳴いた。前後して、るいが「来た」と言った。

鹿之介が目ざとくるいの表情の変化を見て取った。

「るい、どうかしたか」

「船底になにか来ています」

るいが鹿之介の耳にささやくように言った。

「船底に……おおかた魚が当たったのであろう」

鹿之介は笑った。

「魚ではありません」

「魚でなければなにか」

「兄君、ご油断なされますな」

るいは舷側から水中を睨んだ。

中央部の船底から突然、水が噴水のように噴き出した。

噴水は速やかに勢いを強め、船中に浸水してきた。悲鳴があがり女・子供はパニック状態に陥った。

そのとき、さとが混乱の渦の中央に立ち上がり、

「皆さん、落ち着いてください。大事ありません。落ち着いて、子供、ご老体、女性の順で私の後についてください」

と張りのある声で呼ばわった。

さとの呼びかけに相応ずるように、一艘の大船が周囲の売《う》ろ舟や小舟を蹴散らすようにして長屋船に横付けになった。

「さあ、皆さん、こちらの船に乗り移ってください。落ち着いて一人ずつ、怖がらずに」

接舷した隣船の舷側に立って呼びかけたのは雑魚屋勘兵衛である。

雑魚屋の傭人が舷側に何枚もの踏み板を渡し、女・子供、老人を誘導した。おもわぬ助け船に落ち着きを取り戻した長屋船の老幼、女たちは、雑魚屋の船に避難した。

同船していた長屋の住人たちだけではなく、周辺の船や、橋の上の見物客が仰天している。見物客の方はこれも余興の一つとおもったようである。

その時、注目の的になっていた美女軍団の一際人目を惹きつけていたるいが、いきなり素裸になって川中に飛び込んだのであるから、さすがの江戸っ子も度肝を抜かれた。

それでなくても物見高い江戸っ子の大半が集まろうという事実上の川開きのど真ん中で起きた珍事である。

一同が見ている前で、船底からの噴水がみるみる赤く染まった。

船底からの噴水の勢いは皆の見ている前で衰えた。るいが穴を塞いだらしい。

おおかた女・子供、老人が雑魚屋の救援船に避難するのと入れ替わるように、長屋船を取り囲んでいた売ろ売ろ舟や猪牙舟から、鉤縄《かぎなわ》を投げつけ、接舷して、白刃を抜き連れた一団の刺客が斬り込んできた。

ほぼ同時に、舷《ふなばた》に白い腕がかかり、短刀を口にくわえたるいが水中から首を出した。長い髪が藻のように絡みついた白い裸身が、人魚の肌のように妖艶に光った。

近距離に居合わせた見物客から、おもわず嘆声が洩れた。だが、その嘆声はたちまち恐怖の悲鳴に吸収された。るいが浮かび上がった川面に赤い色彩が溶かれ、面積を拡大していく中央に二体の人体が浮かび上がった。一見して尋常ではない人体であることがわかった。

川の流れに乗って漂流する二体から、もくもくと赤い液体が噴出し、花火と屋形船の万灯に照らしだされた川面に赤い帯を引いている。

「土左衛門（溺死者）だ」

「馬鹿野郎。土左衛門が血を噴き出すか。ありゃあ、いま斬られたばかりだ」

「だれが斬ったんだ」

「河童だろう」

「河童の川流れか」

「洒落てる場合じゃねえぞ」

船上や橋の上から、血の帯を引いて漂う二体を視野に入れた見物客がどよめいた。

花火や趣向のどよめきとは性質のちがうどよめきである。

だが、騒動はそれだけにおさまらなかった。

すでに舷から跳躍して船上に戻っていたるいが、物売り舟から飛び移ろうとした二人を川中に斬り落としていた。ほぼ同時に、鹿之介が他の一人の刺客を抜き打ちに血煙を噴かせている。

その間に数人の刺客が長屋船に乗り移っていた。まだ長屋に残っていた女たちから悲鳴があがった。

「慌てるな。男どもは女を囲め。手はこちらの方が多いぞ。落ち着いて押し返せ」

大家の庄内が泰然自若たる態度で呼ばわった。さすがに裏社会の修羅場を潜り抜けて来た庄内は敵の兵力を正確に数えている。

だが、水に潜り、船底に穴をあけ、物売り舟に隠れて、いつの間にか長屋船を包み込み、接近していた手並みは尋常ではない。たしかに我が方は手は多いが烏合の衆であり、敵は手練揃いである。

斬り込んだ敵に住人のだれかが斬られたらしく、船底に倒れた。血のにおいが振りまかれ、酒器や料理が散乱した。刺客の一人が男どもの囲みを破り、女の中に斬り込んで来た。

　あわやという瞬間、刺客の刀はふんわりとして手応えのない異物に搦め捕られた。柔らかな抵抗であるが、刀だけではなく、全身に絡みつき刺客の身動きを奪う。

「やっちまえ」

　という掛け声と共に、長屋の住人が一斉に反撃した。手練の刺客が文字通り透明な袋に封じこめられて、袋叩きに遭っている。霞のような異物と見たのは、蚊帳売りの清三郎が網を打つように投げた蚊帳であった。

　辛うじて清三郎の蚊帳を躱した他の刺客は、船底に足を滑らせて転んだ。そこにまた住人がわっとたかる。刺客は油売りの滑平が咄嗟の機転でまいた油に足を取られたのである。

　滑ったのは刺客だけではない。彼我双方共に油にまみれてのたうった。その間に刺客は武器を叩き落とされ、八方から打ちのめされて戦闘能力を失っていた。

　だが、偽装物売り舟にはまだ刺客が残っていた。彼らは鉤縄を長屋船の舷に投げつけ、これを手繰って一挙に舟間を詰めると、長屋船に飛び移ろうとした。

　その直前、飛来した矢が胸板に突き立ち、跳躍力を失った刺客の身体は盛大な水しぶきを上げて川中に落ちた。矢は連続して飛来し、刺客を次々に射落とした。弓師の弥蔵がるいから言い含められて用意してきた弓を取り、射かけていた。

　辛うじて弥蔵の弓射から逃れた刺客に、歯磨き売りの与作が歯磨き粉を浴びせた。細かい奥州砂に竜脳《りゅうのう》、丁字《ちょうじ》などを混ぜた歯磨き粉は目に入るとしみ、たちまち視力を失った。

　そこを目がけて畳刺しの政次郎が、畳針を手裏剣のように投げつけ、針磨りの鋭太が無数の針を吹きつけた。

　逃げようとしても、偽装に利用した他の物売り舟や屋形船が周囲を埋めていて動けない。鹿之介とるいと破水和尚が偽装物売り舟に飛び移り反撃に出た。生き残っていた刺客も、すでに歯磨き粉に目を潰され、畳針と針の集中攻撃を受けて息も絶え絶えになっていた。まだ戦闘能力を残していた者も戦意を失い、川に飛び込んで逃れた。

　仰天したのは周囲の屋形船や見物客である。突如降って湧いた大立ち回りに騒然となった。水中に逃げ損なった刺客は、隣接する船に飛び移った。白刃を振りかざした刺客に逃げ込まれた近くの船の客は腰を抜かし、それが騒ぎを拡大した。

距離をおいた橋の上や両岸から見物していた群衆は、いまだに花火見物の趣向とおもっている。

この間も打ち上げ船からは花火が打ち上げられていた。

鹿之介とるいと破水によって手足の骨をへし折られた刺客数名は、清三郎から蚊帳を被され、糸師の長四郎にがんじがらめに縛り上げられた。刺客陣を制圧する最中に、大工の組太郎と細工師の三太が協力して船に応急修理を施し、沈没の虞《おそれ》はなくなっている。

我が方には利助が浅傷を負ったのみで犠牲者は出ていない。手練を揃えた刺客集団を烏合の衆である長屋の住人が、それぞれの特技を集めて制圧し、圧倒的な勝利をおさめた。鹿之介も長屋の衆がこれほどの戦力を隠し持っていたことに驚いていた。

後になって、るいが万一に備え、住人たちにそれぞれの得意に応じた商売道具を用意しておくようにと言い含めていたことがわかった。るいの遠謀深慮にしても、見事な長屋の衆の連携動作であり、対応であった。

長屋船が一隻だけでは万一襲われたとき逃げ場がないので、避難先を用意していた方がよいというさとの勧めを入れて、雑魚屋勘兵衛に頼み、屋形船を近くの水域に待機させていたのが、見事に生きた。

「お礼を申し上げるのは当方でございます。おかげでご厚恩の万分の一でもお報いできましただけではなく、砂袚り、いや、水袚りで、けっこうな花火を見物させていただきました。奉公人たちもわずかなりともお役に立ち、前代未聞の花火見物をかぶりつきで見物させていただいて、大喜びでございます。この上ともなんなりとお申しつけくださいまし」

礼を述べた鹿之介、るい、長屋の住人一同に、勘兵衛はかえって恐縮していた。

さすが落葉長屋の住人である。一概にまぐれ《フロック》の勝利とはいえない。長屋に吹き溜まる以前の尋常ならざる半生が、恐るべき刺客陣をはね返した。

生け捕りにした刺客は五名、水中や船に逃げた者は三名、るいが水中で二人、さらに船上で二人斬り、鹿之介が一人斬った。さらに弥蔵が川中に射落とした三名は、息も絶え絶えになって両国橋下流の岸に流れ着いた。どうやら命は取り止めそうである。

生け捕りにした五人は、両国橋袂《たもと》の番小屋に引き揚げ、出張って来た奉行所の役人に引き渡した。

地取りの狙い

事実上の川開きの夜の大立ち回りは江戸中の評判となった。その中心現場に居合わせた住人の一人、瓦版屋の文蔵は特ダネとして事件の詳細を面白おかしく、また長屋にとって都合よく脚色して書きまくった。

長屋の衆も、風呂屋の襲撃や、雑魚屋での妖狐一味との戦いなどを通して、鹿之介とるいの容易ならざる素性をおおかた察している。

鹿之介がやんごとなき身分を事情があってこの長屋に隠していることを、彼らは光栄におもっている。

鹿之介とるいは刺客一味を奉行所に引き渡すとき、彼らが妖狐一味ではないことを悟っていた。妖狐でなければ、まず考えられるのはおさきの方と鮫島兵庫の線である。

るいは当初、刺客集団の正体を確かめぬまま奉行所に引き渡すことに反対した。

「衆人環視の中で捕えた一味を、どうこうすることもできまい。また一味の正体を確かめたところでどうにもなるまい。奉行所もすでにこの騒動を知っておる。我らがへたにきやつらを処分すれば、奉行所も黙ってはいまい。むしろ、この際、きやつらは奉行所に任せるべきではないか」

と鹿之介に説得されて、るいはしぶしぶ同意した。

影法師の線である可能性も打ち消せない。もしそうであれば、この襲撃には幕府の意思も働いている。迂闊には手を出せない。

「きやつらは忍者ではありませんでしたが、いずれも尋常ならざる手練。長屋の衆の働きがなければ危のうございました」

るいはおもいだして、ぞっとしたような顔をした。なによりもるいのあらかじめの備えと素早い対応が、恐るべき刺客集団をはね返す原動力となったのである。

だが、鹿之介には刺客集団との立ち回りよりも、るいの人魚のように薄青い光沢を放っていた裸身が艶《なまめ》かしく、脳裡に刻み込まれている。

「今回は躱しましたが、るいさんの忠告を聞いておれば、女・子供に危ない目をさせずにすみました」

庄内がやんわりと釘を刺した。幸いにして犠牲者は一人も出なかったが、船には幼い子供も乗っていた。雑魚屋の救け船が間に合わなければ、おもい返すだにぞっとするような場面であった。

刺客がどの線から派遣されて来たか不明であるが、このまま尻尾を巻いて引き下がるとはおもえない。

この事件は落葉長屋の存在を一躍有名にした。これまで江戸の片隅の吹き溜まりであった落葉長屋を、事件後、江戸でその名を知らぬ者はない、江戸中のすべての名所よりも有名にしてしまった。

連日、江戸市内はもちろん、御府外、あるいは地方からのお上り見物人が、一目、落葉長屋を見ようとして蝟集《いしゅう》して来る。それを目当てに屋台や掛け小屋の茶屋が出て、物売りも集まって来る。

この人気《フィーバー》に拍車をかけたのが、ここを先途と書きまくった文蔵の瓦版である。

「さあさ、見たか聞いたか、風の便りに伝えられたか、江戸開闢《かいびゃく》以来の大珍事だ。江戸中の人間が集まった隅田川両国橋界隈は、川面が見えぬほどの大・中・小の屋形船、屋根船、売《う》ろ舟、花火船、見物船が舳《へ》先を連ね、舷を接し、万灯を灯し、橋の上、両岸の物干し台から屋根の上まで人、人、人の波。玉屋、鍵屋の掛け声も喧《かまびす》しく、空には銀波、光波、雷光、梅花、桜花、菊、藤、万灯、蘭玉、万星などが百花繚乱《りょうらん》と乱れ咲き、少し遅れて、ずどどーん、ぐわーん、ぼんぼんぼん、天が割れ、水が逆立つごとき大音響。

　そんなど真ん中に百五十尺、二百尺を超えるどでかい大玉が、玉屋、鍵屋のはるか頭上に江戸っ子の度肝を抜いた……とおもったら、それは度肝のとばっ口よ。突如、長屋船を襲った謎の一団、船底から一気に噴き上がった噴水と時を同じくして、江戸中の別嬪《べっぴん》を束にしたような掃き溜めじゃあねえ、吹き溜まりの鶴が生まれたままの姿になって、隅田川にざんぶりこと飛び込んだ。船底の噴水がたちまち赤く染まるや、周囲の売ろ舟の隠れ蓑を脱いだ謎の一団が斬りかかって来た。たちまち船上は阿鼻叫《あびきょう》喚《かん》の巷と化して、長屋の衆が鏖《みなごろし》に遭うとおもいきや、長屋の守り神の先生はじめ、菩提寺の生臭坊主、蚊帳売り、畳刺し、針磨り、大工、歯磨き売り、弓師、油売り、細工師、魚屋なんぞが力を合わせてばったばったと一味を斬り捨て、射落とし、搦《から》め捕《と》り、打ちのめし、それでも足りずに、危うく土左衛門になりかけた半左衛門にしちまったってえんだから凄《すげ》え。事の一部始終が隅から隅まで書いてある。前代未聞、空前絶後の大事件がたったの六文ですべてわかるよ。

なにしろこれを書いた私《あっし》は、なにを隠そう、落葉長屋の住人で、事件の当夜、長屋船に乗り合わせていた。さあさあ、江戸始まって以来、また二度とは起きない大事件を知らなきゃ、江戸っ子の恥だよ。御府外の人は知らなきゃ損だよ。末代までの語り種《ぐさ》、いま買わなきゃ子々孫々に至るまで怨まれる」

文蔵は、自分の眼で見た川開き長屋花火船武勇伝を書きまくり、これに旅絵師の南無左衛門が、短刀を口にくわえて水中を人魚のように泳ぐるいの艶姿を描いた挿絵を付した瓦版を、流暢《りゅうちょう》な啖呵《たんか》にのせて江戸市中を売り歩いた。

苦み走った男前の文蔵が、印藍染め豆絞りの手拭いを無造作に頭に置き、小粋な唐《とう》桟《ざん》に渋い三尺帯をぴしりと締めた姿で売り歩くと、瓦版は飛ぶように売れた。若い娘は彼をうっとりと見つめて、後ろに行列をつくって従《つ》いて来るほどである。

「兄君の所在が江戸中に知れ渡ってしまいました」

るいは予想外の長屋人気に苦々しい顔をしたが、いまや人気は独り歩きを始めて止めることができない。

「我らの所在はとうに知れておるわ。いまさら隠し立てをしても始まらぬ」

鹿之介はむしろ長屋人気を喜んでいる。

「なにもこちらから吹聴することはございませぬ」

「吹聴すればするほど、江戸中や諸国の目が集まる。幕府としてもめったなことはできぬぞ」

「江戸中、諸国の目を恐れるようであれば、初めから仕掛けては来ますまい」

「目を集めたのはそなたでもあるぞ」

鹿之介がにやりと笑った。彼の目はるいの裸身をくまなく見届けたと言っている。

「まあ」

るいの項《うなじ》が赤く染まった。

「そなたの絵姿は江戸百人美女が束になってかかっても敵《かな》わぬ。そなたのおかげで、南無左衛門も絵師として有名になり、版元から注文が殺到しておる」

「南無さん、私に黙って書いた絵を、勝手に文さんの瓦版に付けて、ひどい。私、怒っているんです」

るいが頬を脹《ふく》らませた。そんなあどけなさの残る表情からは、鬼神も三舎《さんしゃ》を避ける忍者と同一人とはとうていおもえない。

「よいではないか。この吹き溜まりに江戸随一の、すなわち日本一の鶴が舞い降りたのだ。我らとしても鼻が高い」

「なにも私でなくとも、夢夜叉さんや、おれんさんや、おみねさんを描けばよいのに」

「もちろん南無はそのつもりでおるようだ。どの一人を取っても日本一の鶴だ」

「日本一が何羽もいては困ります」

「困らぬ。これからは吹き溜まりではなく、鶴溜まりと長屋の呼び名を改めよう」

「そんなことをすれば、ますます人目にたちます。いいかげんにしてください」

「怒るとますます目立つぞ」


一方、奉行所に引き渡された一味の生き残りは、鯨井半蔵の峻烈な取り調べにも口を割らなかった。

一味の素性、彼らを送り込んだ黒幕、長屋の花火船を襲った理由等について一切は不明のまま、一味は徒党（悪事を企んで集まり暴力行為を働く）と見なされて、首謀者は斬罪、他の者は遠島に処せられた。

徒党は幕府が最も忌み嫌う罪である。だが、首領格一人のみ斬罪ですましたのは、落葉長屋の住人から見れば手ぬるい処分である。

幸いにるいの備えが万全であり、長屋の衆が一致協力して刺客一味をはね返したので被害はなかったが、避難前に船を沈められれば泳げない女・子供もあり、大惨事になるところであった。一味も長屋の住人がこれほどの手練揃いとは想定外であったようである。

一味としては、まず船を沈め、本命の的である鹿之介をるいから引き離して水中に引きずり込み、一気に葬ろうとする作戦であったようである。

鹿之介さえ屠《ほふ》れば、目的は達する。あとは花火の混雑に紛れて逃げれば、事故ともわれる。

売ろ舟を隠れ蓑にして長屋船に接舷し、斬り込んで来たのが、逸速くるいによって船の沈没を阻止され、やむを得なかったのであろう。一味は、できれば姿を見せずに船ごと鹿之介を沈めたかったにちがいない。

当初は、鹿之介と、手練とはいえ、たかが女忍《くノ一》一人と鼻唄気分で仕掛けたところが、るいに察知され、長屋の衆の見事な連携による反撃に遭って、惨敗を喫してしまった。それも辛うじて生き残った者は生け捕りにされ、奉行所に引き渡されたとあっては、刺客の恥の上塗りである。

江戸随一の年中行事、事実上の川開きの夜、江戸中環視の中での事件であるだけに、隠しようがない。

だが、奉行所の処分の手ぬるさには不気味な背後の圧力が感じられた。本来なら、これだけの大騒動を引き起こした徒党は、全員、極刑に処せられてもおかしくない。

大家の庄内は奉行所に手をまわして探ったが、一向に要領を得ない。鯨井半蔵もよくわからないようである。奉行の意思が働いたようであるが、さらにはるか雲の上から圧力が加わったのかもしれない。

「まさか影法師ではあるまい」

奉行所の処分を怪しんだ鹿之介が言った。

「影法師であれば、生け捕りになる前に自決します」

るいが答えた。

「妖狐一味でもなければ、残るは愛宕《あたご》下の方角だな」

愛宕下は山羽家上邸《かみやしき》の所在地である。

上邸はおさきの方と鮫島派に制圧されている。

「愛宕下を公儀が庇《かば》いますか」

　るいが問うた。

「愛宕下がこの度の仕掛けの黒幕であれば、幕府にとっては絶好の口実であるが、同時に黒幕を追いつめすぎては、山羽家そのものを危うくしかねぬ。これは幕府にとって得策ではあるまい。ここは手加減を加えて、愛宕下に貸しをつくったのではあるまいか」

「つまり、公儀は一味が愛宕下から差し向けられたことを知っていたのですね」

「動かぬ証拠はあるまい。知っておるぞと暗黙のうちに脅しをかけるだけで充分」

「脅しておいて、どうするのですか」

「知れたことよ。おさきの方が江戸家老と結託して、お家乗っ取りのためにわしに刺客を差し向けたことを公儀は知っておると暗黙に知らせるだけで、今後、勝手な動きはしにくくなるであろう」

「私は逆ではないかとおもいます」

「逆？」

「そうです。逆の場合もあり得ましょう。江戸中環視の中で徒党を組み、花見船を襲撃した一味に対する手ぬるい裁きは、公儀の庇護とおもわせるかもしれません。つまり、なにをしても公儀が庇ってくれている。衆人環視の中の事件であるので揉み消すことはできないが、最小限の処罰をもってお茶を濁した。つまり、一味のしたことは公儀の意に適《かな》い、暗黙のうちに許していると……」

「なるほど。うがった見方ではあるが、あり得るな」

鹿之介はうなずいた。

るいの端倪《たんげい》すべからざる洞察力には一目も二目も置いている。彼女の見通しが的を射ていれば、一味は幕府の庇い立てをよいことに、ますます調子づいて仕掛けて来るであろう。幕府が愛宕下を庇ったとすれば、その下心は見えている。

おさきの方の野心を利用して、山羽家の正統な継嗣を取り除かせ、しかる後にお家騒動の逆意方（謀反人）として幕府が乗り出して料理する。後継者を失った山羽三十二万石はどう料理しようと幕府の俎上《そじよう》の素材となる。

鹿之介はるいの言葉に触発されて、さらに恐ろしい可能性に気がついた。

「次は影法師を動かして、我らに仕掛け、成否いずれにしても愛宕下の指図らしく見せかけるやもしれぬな」

愛宕下に前科一犯の烙印を押した後で、影法師の手で鹿之介を刈り取り、しかる後に愛宕下を料理する。

「恐ろしゅうございます」

るいがやや血の引いた顔をして肩をすくめた。

時の大老榊意忠《さかきおきただ》は別名闇の寝業師と渾名《あだな》されるほど権謀術数に長《た》けた人物である。当代将軍就任に大きく貢献して、その寵任を一身に集め、側小姓から大老にまで出世した。幕府の安泰のためには手段を選ばない。

無類の女好きの将軍に、側妾を勧め、産ませまくった子供は、判明しているだけでも五十人を超える。これら大量の将軍の落とし胤《だね》を継嗣のない諸大名や旗本に押しつけ、軍事力だけではなく、血縁によって徳川の絶対君主制を強化しようとしている。

江戸派と国許派に分かれて揺れている西国の雄・山羽家は、大老にとってまさに垂《すい》涎《ぜん》の的であった。

ともあれ、このたびの長屋船襲撃事件の背後に、榊意忠の内意が働いていれば、容易ならざる事態である。

このころ落葉長屋の周辺に、急速に明地《あきち》が増えてきていた。

江戸の町にはもともと明地が多い。盛り場、川岸、交差路、分岐点、町境、至るところに会所地、火除地《ひよけち》、突き抜け、広小路などと呼ばれる明地が点在していた。

だが、それらの明地はなんの用途もない遊休地ではなく、防火、防災、交通など、公共的な効用（用途）があった。江戸の華といわれるほど火災が多かった江戸の市街は、いったん火を出すと、紙と木材でできている家並みを舐《な》め尽くし、特に冬季は北西の凩《こがらし》に強く煽《あお》られて被害を拡大した。

特に、江戸城に火の手が及ぶ危険が高く、防火、防災は江戸幕府の最も重視しなければならない市政課題であった。

当時の貧弱な消火態勢では、火と戦ってこれを消し止めようとするよりは、〝燃料〟を除去して延焼を食い止めるという消火方法を採った。風下に位置する家屋や建物を、火消しが長鳶《ながとび》や掛矢《かけや》や鋸《のこぎり》を用いて取り壊してしまう破壊消防である。火の手が向かう先を予測して、明地を設けておけば延焼はそこでくい止められる。

こうして江戸市中には火除地が至るところにつくられた。幕府の管理する火除地に加えて、各町内や私邸にも住人が自発的に火除地をつくった。

交通確保や犯罪予防、非常時の避難地としての明地も、火事の際には火除地となった。

幕府はこれら市中の火除地を確保、維持、拡張するために、住民に代替地をあたえ、強制的に移転させたり、土地を公収（取り上げる）したりした。

落葉長屋の住人たちは、周辺界隈に明地が増えてきたのを、当初は幕府の都市計画による防火対策であるとおもっていた。

だが、そうではないことが次第にわかってきた。新しく明地になった地域は、おおむね下町の落葉長屋と同じような棟割長屋が立ち並ぶ貧民窟であり、人相のよくない地取り（地上げ屋）が住人に金をばらまき、買い上げていることがわかった。

貧民窟とはいえ、江戸の人口の半数以上が府内の約一割五分の面積に押し込まれている町地は、ほとんどが九尺二間の棟割長屋で占められていた。つまり、江戸の町地はそのほとんどが貧民窟であったが、住人は自分たちを貧民とはおもっていない。それが江戸庶民の当たり前の生活環境であり、水準であった。

しかつめらしい武家地や寺社地と異なり、町地には自由があり、住人が寄り添って生きる人間の体温があった。

それが次第に間引かれて、町地の至るところに洞のように新しい明地ができて、寂しくなった。江戸の下町情緒が薄れ、住人の仕事にも支障を来すようになった。

町地を蝕《むしば》むような明地の増加が、得体の知れない地取りによって進められていることを知った落葉長屋の住人たちは不安を抱いた。

地取りは幕府の手先ではなさそうである。となると、何者かが個人のおもわくで買い占めているらしいが、地取りがばらまく金額を見ても尋常の財力ではないことがわかる。その目的が不明なだけに不気味であった。

そんな時期、れんが呼ばれた先の客から、奇妙な話を聞き込んできた。

「私のごひいき先に破水和尚に負けない生臭坊主がいるんだけど、そこでちょっと気になる話を小耳に挟んだのよ」

と、れんは長屋の常会で報告した。

常会は月に二、三度、大家の庄内の家に住人が集まる会合のことである。長屋の花火見物以後、住人たちの絆《きずな》は一段と強くなり、庄内の掛け声によって常会を開くようになった。それぞれが酒や料理や菓子を持ち寄って、賑やかに盛り上がる。住人は皆、この常会を愉しみにしている。

通い枕のおれんは元吉原で御職《おしょく》（最上位の遊女）を張っていた花魁《おいらん》とか、蔵前の大札差《ふださし》に囲われていたとか、ヤクザの大親分の妾だったとか、さまざまな噂があるが、確かめた者はいない。彼女を呼ぶ客が身分の高い武士や、豪商や、豊かな僧侶や医者などであることは確かである。

前身が御職女郎という噂があるだけに、その抜群の容姿と、年季を入れた妖艶な色気は、女までため息をつかせるほどである。

容姿だけではなく、彼女を争って指名する客層の高さを見ても、彼女の抜群の床上手を物語っている。

「その生臭坊主の言うことにゃ、檀家の蔵前の大札差が出入りの地取りを使って、この界隈の土地を買い漁《あさ》っていると口を滑らしたのさ。なんのために、こんなおんぼろ土地を買い集めているのか、それとなく探りを入れると、どうやら札差は金福教《こんぷくきょう》と結託して、この界隈にその本拠をつくろうとしているらしいということよ。生臭坊主も金福教の使僧の一人になっているので、まんざらでたらめでもなさそうだよ」

「金福教といえば、隆光《りゅうこう》の後裔《こうえい》で、近ごろ急速に信者を増やしている隆元《りゅうげん》を教祖とする金福教のことかね」

庄内が問うた。

「そうよ。隆元の背後には蔵前の札差・若狭屋升右衛門《ますえもん》がついているよ」

「若狭屋升右衛門。若狭屋といえば大老・榊意忠に取り入って、蔵前随一の札差に成り上がった悪名高い御用商人じゃありやせんか」

消息通の文蔵が言った。れんがうなずいた。

「役者が出揃った感じだね。おれんさんの床上手に口が軽くなった隆元の使僧の生臭坊主から洩れた話なら、まちげえねえや」

文蔵がいまにも瓦版に書きたそうな顔をした。

「文さん、まだ書いちゃだめよ。隆元や若狭屋の真の狙いがなにか、もうちょっと当たってみるわ」

れんが文蔵に釘を刺した。

「おれんさん、寝物語に口を滑らせたという生臭坊主は、もしや延命寺の玄海《げんかい》じゃないかね」

常会にみねと共にこのごろ出るようになった破水が言った。

「あら、どうしてわかったの」

れんが驚いたように問い返した。

「そりゃあわかるわよ。生臭坊主同士のつながりがあるのさ。おれんさんは和尚の好みよ。私がいるので我慢しているけどさ」

破水に寄り添うようにしているみねが、彼の股をつねった。

「痛い、痛いじゃないか」

破水が悲鳴をあげたとき、こぞが破水とみねの間にうずくまって、にゃあと鳴いた。

「それ、ごらんな。こぞがそうだと言っているわ」

みねが言ったので、一同がどっと沸いた。

文蔵がいみじくも「役者が出揃った」と言ったが、おれんの聞き込みが土地買い占めの黒幕と、その狙いをほのめかしたとすれば、由々しき事態である。

界隈の土地買い占めには大老・榊意忠の内意が働いているかもしれぬ。

金福教の教祖・隆元の先祖は、かつて将軍生母を籠絡《ろうらく》して幕政を壟断《ろうだん》し、世紀の悪法「生類憐みの令」を発した元凶・隆光である。隆元は単なる新興宗教の教祖ではない。先祖・隆光に劣らぬ野心的な坊主で、大老・榊意忠に取り入り、教勢を急速に拡大した。若狭屋を榊に取り持ったのも隆元という噂がある。

榊は若狭屋の潤沢な資金を踏まえて権勢を伸ばし、若狭屋は榊の庇護を受けて商圏を拡大した。たがいに持ちつ持たれつの関係の仲介者として隆元がいる。庶民にとって雲の上の相関図を大家の庄内が解説してくれた。

「地取りはまだ落葉長屋には現われねえな」

薬師の百蔵が一同を代表して言った。

「それだけこの長屋を厄介者扱いにしているのだ。難物は後回しにして、易《やさ》しいところから刈り取り、落葉長屋を孤立させたところで一挙に踏みつぶす」

鹿之介が言った。

「おれたち、厄介者ですかい」

八兵衛が言った。

「厄介者ではないとおもっているのか」

南無左衛門に切り返されて、

「それを言っちゃあ身も蓋もねえ。もともとおれたちゃあ憂き世から落ちこぼれて、この長屋に吹き寄せられた落葉だあな。煮ても焼いても食えねえ。濡れればべったりと張りつく。燃やしても燃えねえ」

「だがよお、ただの落葉の吹き溜まりじゃねえぞ。一寸の虫にも五分の魂。九尺二間の吹き溜まりにも落葉の魂ってものがあらあな」

滑平が言った。

「おっ、油売りにしちゃあ、洒落たことを言うじゃねえか」

清三郎が冷やかした。

「ふん、こちとら夏場だけの蚊帳売りとちがって、一年中油を売ってらい」

蚊帳は夏季だけで、それ以外の季節には紅や足袋などを売り歩く。清三郎は文蔵や仙介と共に、長屋三男と呼ばれる色男なので、女の客がついている。

「油売ってる閑《ひま》があったら、長屋の行灯《あんどん》に油を差しな。落葉長屋は昼でも暗《くれ》えよ」

「おきやがれ。てめえの売ってる蚊帳は蚊帳でも、蚊帳の外にいた方が蚊に刺されねえ。てめえが夏、縁台に群れて家の中に入らねえのは、てめえの蚊帳が吊ってあるからだ」

「なんだと。言わせておけばほざきやがって」

「まあまあ、内輪もめはやめときねえ」

扇子売りの仙介が二人の間に割って入った。

「おめえはうちわじゃねえ、扇子だ」

文蔵がまぜっ返したものだから、一同がわっと沸いた。

夏の間は長屋の路地に出した縁台に住人たちが集まり、縁台将棋を囲んだり、線香花火に興じたり、持ち寄った酒肴や菓子で遅くまで賑やかに盛り上がっている。庄内が出て来て、

「もう明日になってるぞ。いいかげんに寝ろ寝ろ」

と長屋に追い込む。

隅田川の川遊びも七月の末をもって終わり、月見、虫聞きと、人々は月や虫の名所に出かけて行く。

護美溜の鶴

十月に入ると、江戸は冬である。十二月までを冬とし、年が替わると新春である。

十一月一日には江戸三座の顔見世があるが、長屋の衆は芝居には行かない。芝居よ

りも長屋の衆が寄り集まっての常会や、花見、花火見物、月見、虫聞きなどの方がはるかに面白いからである。

十一月下旬には初雪が降る。風花が舞ったり、一寸程度ですぐ溶けるようでは初雪とは見なされない。

江戸の富豪は初雪見争いをする。雪が降りそうな日を予測して、隅田川の上流に船を用意し、奇麗どころや取り巻きを集めておく。降り出した雪と共に漕ぎ出し、奇麗どころの酌を受けて、両岸の雪景色を賞しながらゆっくりと下る。雪見中、雪が激しくなるのを最上とし、途中、降り止んだのは初雪見とは見なされない。

やがて下流の料亭に船を着け、囃子や踊りに囲まれて賑やかに盛り上がる。これが富豪の初雪見であり、この初雪見を見物しようとして両岸に物好きが集まって来る。雪見の雪見である。

孤独な粋人は蓑笠を着け、一人の足跡をつけながら初雪の情景を俳句や詩歌に詠み、あるいは絵筆で描こうとする。

落葉長屋も住人たちが連れ立って雪見に繰り出す。花火船の苦い経験があるので川は避け、隅田川の堤の茶屋に陣取って、下って来る雪見船や、対岸の雪景色を見物する。

南無左衛門がその情景を描き、句心のある鹿之介やご隠居や夢夜叉が俳句を詠んだ。

「雪見船行き交いながら品定め」

と鹿之介が吟ずると、

「先生、なにを品定めしているんですかい」

と新吉が問うた。

「決まってらあな。奇麗どころの品定めよ」

すかさず文蔵が返すと、

「奇麗どころなら、こちとら、どの雪見船にも負けねえぞ」

と男たちが川中に船を出さないのが不満のように言った。

「雪見船岸辺の美女《たぼ》に吸われたり」

すかさずご隠居が詠んだので、どっと沸き立った。

たしかに漕ぎ下って来る雪見船が長屋衆の陣取っている茶屋の岸辺近くに吸い寄せられて来るようである。雪見船に負けじと芸達者の清三郎や仙介、文蔵などが囃し立て、夢夜叉、れん、みねの三人が連れ舞って、岸辺の雪見客だけではなく、雪見船の客の目も集めている。

雪見と前後して、江戸の町には凩が吹くようになる。江戸の冬は厳しい。連日のように空っ風が吹きまくり、火鉢以外になんの暖房設備もない紙と木材の家に容赦なく吹き込む。

それでも江戸っ子は夏よりも冬を選んだ。江戸総面積のわずか一割五分の土地に押し込まれた総人口の五割を占める町人は、夏の暑熱と冬の寒気のどちらを耐えるかと迫られて、冬を選んだのである。

夏向きにできている家が、江戸名物の凩に吹きさらされるのであるから、その寒さは半端ではない。だが、江戸っ子はこの寒さすら江戸の風物として愉しんでしまう。

師走に入ると酉《とり》の市が各神社に立つ。日ごろは寂しい場末の神社も、この日ばかりは参拝客で賑わい、竹の熊手を中心に、笊《ざる》や、魚や、乾物、果実、芋、切り餅、小間物、古着《ぼろ》、その他芥《ごみ》のようながらくたを商う出店が連なる。

酉の市につづいて、十三日、一年の芥を払うという意味で煤《すす》払いが行われる。江戸城大奥の煤払いにならって、諸大名、旗本、神社・仏閣、富豪、勢家、微禄の御家人や庶民の家まで煤払いの大掃除をする。煤払いの後、手伝いに集まった出入りの職人や鳶の者に酒や料理が振る舞われ、庶民の家でもそれなりの酒肴を囲んで春を迎える用意をする。町家では、蕎麦も出される。

煤払いは一年の汚れを払い落とし、新年を迎えるための神事として、単なる掃除ではなかった。庶民にとっては年末の重要な娯楽の一つでもあった。

十四日から深川八幡を皮切りに、府内の各社寺で歳の市が相次いで立つ。

特に盛大なのが、十七日の浅草寺の歳の市である。各地の歳の市はおおむね男が多く集まるが、浅草寺には老若男女、競って集まった。女目当てに歳の市に来る男も多い。女にありつけない男たちは、歳の市の帰途、吉原にまわる。彼らにとって歳の市は性事の前戯であった。

年が押しつまるに連れて、江戸の町には人間のため息が濃くなってくる。べつにため息が聞こえるわけではないが、江戸ならではの歳末の風物詩として、人生のため息が凝縮されてくるようである。それは江戸以外の町では決して聞こえないため息である。

帝の座《いま》す京の都においても、江戸のようなため息はない。全国津々浦々から集まって来た人々が、江戸という人間の坩堝の中で合成されたため息である。

暮らしにゆとりのある粋人たちは、そんなため息を聞くために年末を彩るさまざまな行事に杖を曳《ひ》く。粋人自身はあまりため息を吐かない。余裕をもって他人の人生のため息を聞いている。余裕がなければ他人のため息は聞こえない。

だが、それが聞こえるようになるまでは、その人自身にもかなりのため息の堆積、あるいは蓄積がある。

連日のように吹きすさぶ凩も、押しつまってきたある日、突然、ぱたりと止むことがある。そんなときは江戸の西の方の地平に夕焼けが濃く煮つまる。海のような甍《いらか》の果てに、残照を背負った富士の影が立つ。落日を追って杖を曳いている間にとっぷりと暮れ、帰路は暗い夜道ということもある。

あながち粋人だけではなく、外出の好きな江戸っ子は酉の市や歳の市を梯子《はしご》して、行き暮れることもある。

残照の特に濃い翌日は穏やかな晴天が多く、春のように小豆色の残照が西の天末から空いっぱいに横溢《おういつ》する。そんなとき、梅の気品ある香りが鼻をかすめたようにおもう。

大寒は約十五日、寒が明けると立春である。旧暦では立春は十二月と正月にほぼ等分され、それ以前の三十日間が一年で最も寒い時期である。

だが、江戸っ子はこの間の三十日間を利用して、寒稽古や寒参りをする。町家の子弟までが、夜明け前から道場で剣術、槍術、柔術などの稽古に励み、職人の弟子や小僧が水垢離《ごり》をとって身を清め、褌《ふんどし》一本の裸身、裸足、白木綿の鉢巻きをして鈴を鳴らしながら社寺に参詣する。別名裸参りとも呼ばれる難行苦行であるが、これすら江戸の風物であり、愉しんでいる者も少なくない。

寒念仏は女性も交え、毎夜、鉦《かね》を鳴らしながら念仏を唱え、府内、府外の法場をまわり歩く。寒参りよりも遊び心が強い。

祭り騒ぎが好きな長屋の衆も、師走になると落ち着きがなくなる。いずれもその日暮らしではあるが、手に職があり、食うには困らない。むしろ、結構な稼ぎがあっても宵越しの銭は持たない気質から、好んで貧乏をしているところがある。

こんな連中が節分には大騒ぎをして豆をまき、酉の市や歳の市に連れ立って繰り出す。市で正月用品を買って来るのはもっぱら男の役目である。血気盛んな滑平や清三郎、新吉、組太郎などは、帰途、吉原に立ち寄って来るらしい。女どもには隠れて行くが、たいていこぞに鳴かれて露見してしまう。

「吉原なんぞに行かなくても、私がいるじゃないか」

とれんに睨まれて、

「いけねえ、いけねえ。おれんさんなんかを抱いたら罰が当たる」

男たちが逃げ腰になるのを、

「おや、どうして罰が当たるのさ」

「知れたことよ。おれっちは長屋の鶴には手を出さねえ主義でね」

「嬉しいねえ。私を鶴と呼んでくれるんだね」

「鶴は鶴でも掃き溜めの鶴だ」

「そういうおまえさんたちは掃き溜めの芥《ごみ》かい」

「それを言っちゃあ身も蓋もねえ。だが、芥にしても落葉にしても、鶴は買えねえ」

「私を買う連中は、金は持っているが、芥や落葉以下だよ。落葉長屋の芥は、芥は芥でも美しいものを守る芥だよ」

「美しいものを守る護美《ごみ》だ」

「嬉しいことを言っておくれだね。だったら買っておくれな。吉原よりもずっと美味《おい》しいよ」

「護美と言われちゃあ、ますます買えねえ」

「長屋の男衆は特に安くしておくよ」

「おれんさん、そんなことを言って、男衆をからかっちゃだめよ」

夢夜叉が口をはさんだ。

「からかってなんかいないよ」

「だったら、いじめているのね」

るいが言った。

こんなやりとりも落葉長屋ならではである。要するに、住人たちは家族のような一体感を持っている。家族間で人身売買や近親相姦のような振る舞いはできないということである。

そんなやりとりをにやにやしながら見守っている鹿之介を、るいが睨んだ。鹿之介にとってるいは妹であり、屈強な用心棒であるが、るいにとっては鹿之介は主君であり、ただ一人の異性なのである。

町の活気は衆によって成り立つ。密集していた各町内の長屋が、地取りによって切り離され、虫食いだらけにされると、もはや町ではなくなってしまう。

各町内の連帯や対抗意識も希薄になって、下町特有の人間の体温が失われてしまう。多数が寄り集まり、毎日、お祭り騒ぎのように能天気に盛り上がっていた江戸っ子独特の気風が、増えてきた明地の中に散らばり、殺風景な砂漠のようになってしまった。

特に凩の吹きすさぶ季節は、乾き切った風に砂塵《さじん》が巻き上げられ、目をあけられなくなる。下町の江戸情緒を愛する鹿之介には、江戸そのものが凩に巻き上げられ、砂漠化しているように感じられた。

「風が吹けば桶屋が儲かるというが、こんなに空っ風が吹きまくっちゃあ、桶屋も儲かるめえ」

とさすがの江戸っ子が悲鳴をあげるほどである。

この時期、名うての地取りとして悪名の高い三味線《しゃみせん》の権蔵《ごんぞう》が大家の庄内を訪ねて来た。権蔵の通った後はぺんぺん草も生えないというところから、三味線にかけて渾名されたのである。

地取りの総元締めは根切りの善助という男である。

根切りの善助は、別名・銭助と呼ばれる、金になることならなんにでも頭を突っ込む銭の亡者であり、若狭屋の手先として最も汚い仕事を請け負っている。

権蔵はいきなり庄内の前に切り餅（二十五両）八個を積み上げた。

「これは、なんの真似だね」

庄内は問うた。

「庄内さん、あんたの落葉長屋の土地を譲ってもらえないかね」

権蔵は唇の一方の端を少し曲げて、薄ら笑いをしながら切り出した。

現在の貨幣価値に換算して、一両約十万円、切り餅八個は二千万円に相当する。だが、女中の年俸が約二両という人件費の極めて安い時代であるので、二億円ほどの貨幣価値がある。

「長屋の土地だから、長屋が乗っかっているよ。長屋の衆はどうするんだね」

「こんなおんぼろ長屋、大家の庄内さんさえ承知なら、半日で叩き潰しまさあ。どうだね、こんな吹き溜まりに二百両出すというんだ。不足はねえとおもうが」

権蔵は自信たっぷりに言った。

「不足はないが、売るつもりはないね」

「なんだって。この芥溜《ごみため》に十両出す人間もいないよ。まさか庄内さん、この美味《おい》しい話を蹴飛ばすほどばかじゃあるめえ」

「芥溜で悪かったね。二百両、千両積まれても売る気はない。私はこの土地が気に入っている。長屋の衆は私の家族だよ」

「家族とおもうから二百両出そうと言っているんだ。もっと住みいい代替の土地も用意しよう。家族もその方を喜ぶぜ」

「それこそよけいなお世話というもんだ。私《あっし》らはこの吹き溜まりの落葉長屋で充分幸せだよ。この土地も長屋も売るつもりはないし、よその土地に引っ越す気もない。そんな話なら、足元の明るいうちに帰ってくれ」

「そんな強がりを言っていいのかな。後で買ってくれと言っても遅かりし由良之介《ゆらのすけ》だぜ。お上が火除地として取り上げても、文句は言えねえ土地柄だよ」

権蔵は飴を差し出しても食いついてこないとみて、鞭を出した。

「おかしなことを聞くもんだね。お上が火除地として取り上げるかもしれねえ土地を、おまえさん、どうして大枚の金を積んで買おうとしてるんだね」

庄内に切り返されて、権蔵は返す言葉に詰まった。

庄内の梃子《てこ》でも動かない姿勢に、

「後で吠え面かくなよ」

と捨て台詞《ぜりふ》を吐いて立ち去って行った。

とりあえず権蔵を追い返したものの、ついに地取りの手先が姿を現わしたことに、長屋の住人は衝撃を受けた。

「三味権の野郎、とうとう来やがったな。あの因業野郎が、このおんぼろ長屋に二百両も積み上げたのは、なにか裏があるにちげえねえ」

「裏は最初からわかってらあな。黒幕は若狭屋だあな」

「若狭屋はなんのために、こんなしみったれた土地を買い集めているんだ」

「おいおい、おんぼろだの、しみったれだの、よく言うね。おまえら、そのおんぼろ、しみったれ長屋の住人じゃないのかね」

と苦笑した庄内にたしなめられて、

「私《あっし》らが言ったじゃありませんぜ。三味権が言ったんでさあ」

住人たちは慌てて言い訳をした。

「相手はこれで引っ込むようなタマじゃない。必ずまたやって来る。やつらの狙いはなにか。少なくとも若狭屋が、このしみったれ、おんぼろ長屋に二百両出そうとしたからには、それ以上の価値がこの土地にあるということだ。若狭屋は榊大老とも結びついている。三味権の言ったことは必ずしも脅しではない。落葉長屋が頑として居座れば、お上の召し上げという手に出ることも考えられる。当分、火に注意しろ」

　鹿之介が言い渡した。

　火の用心と聞いて、住人一同がぎょっとしたように顔を見合わせた。これまで火事に遭った焼け跡を火除地に指定し、住人を強制的に立ち退かせ、土地を召し上げるのが幕府の防災計画の常套手段であった。

　いくらお上の権威を振りかざしても、人が住んでいる建物のある土地を補償も代替地もなく召し上げることはない。

「するってえと、火事が怖《こえ》えな」

　滑平が言った。

「そうよ。長屋には油も火薬もあらあな」

　薬師の百蔵がうなずいた。そんなものがなくとも、木と紙の棟割長屋である。住人にとって最も恐ろしいのは火であった。

「ぺんぺん草が火を放つというのかい」

れんが、皆が恐れていることを口に出した。

「三味権ならやりかねねえ。凩の吹きつのる夜、火を放《つ》けられたらひとたまりもない」

隠居が言った。それこそぺんぺん草も生えない廃墟になった焼け跡を、若狭屋と癒着した榊意忠が火除地に指定するのは目に見えている。権蔵の言葉はあながち脅かしではない。

「当分の間、交替で火の番を置こう。煮ても焼いても食えねえ落葉だ。燃えねえ落葉があることを見せてやろうじゃねえか」

組太郎が言った。

「人間よりも恰好の火の番がいるわよ」

みねがおもわせぶりに言った。

「人間よりも恰好の……」

住人一同の視線がみねに集まると、かたわらにうずくまっていたこぞが、にゃあと鳴いた。

「そうか。こぞがいたな。こいつがいれば百人力だ」

住人は花火見物の夜、こぞに危険を知らされたことをおもいだした。

「百人力じゃあねえ。百匹力だよ」

「こぞは自分を猫とはおもっていないわよ。百人力でいいわ」

こぞがまたうなずくように、にゃあと鳴いた。

その後、権蔵は切り餅を三百両に増やして、再交渉にやって来た。庄内ははねつけた。さらに買い値を五百両と唱えたが、庄内は受けつけない。

「つけ上がるのもいいかげんにしなよ。よし、こうなったらびた一文も出さねえ。三味線の権蔵をなめるんじゃねえぞ」

権蔵は最後通告ともおもえる捨て台詞を残して立ち去った。

妖狐対羊の群

二度にわたる地取り、三味線の権蔵の勧誘をはねつけた落葉長屋では、鹿之介と組太郎の警告を入れて、夜間の警戒を厳にした。酉の市や歳の市に出かけるときは風のない夜を選んだ。穏やかな夜でも、火の番は置いている。

大晦日《おおみそか》まであと数日を残すのみとなった夜、終日、凩が吹きまくり、夜間になっても一向に衰えない。このところ連日、快晴がつづいて、江戸の空気は乾ききっている。こんな夜に火を発したらひとたまりもない。

さすが賑やかな長屋衆も、容赦なく吹き入る隙間風に震え上がり、早々と寝床に潜り込んで縮こまっている。

だが、るいは寝つかれなかった。

「るい、そろそろ寝《やす》め。起きていたとて、風が止むわけではあるまい」

鹿之介が勧めても、

「いいえ。眠くないので、もう少し起きています」

と言い張って、いっかな寝床に入ろうとしない。るいの五感に触れるものがあるらしい。

その夜、三更（午前一時ごろ）、こぞが突然鳴きだした。同時に、るいが音もなく立ち上がった。

「来ました」

るいにささやかれた鹿之介は、寝床からはね起きた。よく眠ってはいても、神経の一部が覚めている。だが、火の番からはなんの合図もない。異常を発見したら、直ちに呼子を吹く手筈になっている。

そのとき、駕籠屋の八兵衛が飛び込んで来た。どこか斬られたらしく血を流している。

「来た」

八兵衛は最小限の言葉で報告した。

「大丈夫か」

よろめいた八兵衛を鹿之介が支えた。

「おれは大丈夫でさあ。弥吉がやられた」

「敵の人数は」

八兵衛の負傷が生命に別状ないと見て取ったるいが問うた。

「七人か八人。もっといるかもしれねえ」

そのとき蚊帳売りの清三郎が飛び込んで来た。

「先生、案の定、やつら来……」

報告しかけた清三郎は血まみれの八兵衛を見て立ちすくんだ。そのとき途切れ途切れの呼子が聞こえた。斬られた弥吉が最後の力を振り絞って必死に吹いているらしい。

「清さん、長屋の衆を起こして。かねての手筈の通りにして。私は弥吉を助けに行く。兄君はここを動かぬように」

るいは言葉短く言い残して飛び出した。逡巡している閑はない。火を放たれれば凩に煽られて、落葉長屋はあっという間に灰燼に帰してしまうであろう。るいはすでに敵を迎え撃つ姿勢を取っている。

まずはまだ生きているらしい弥吉を救出し、女・子供を避難させ、敵を迎え撃つ。これを同時に行なわなければならない。

避難用の穴蔵に、女・子供や老人が政次郎と鋭太に誘導された。この穴蔵は離れたところに通気孔が通り、長屋全体が火の手に包まれても安全なように細工師の三太が設計し、大工の組太郎がつくった。

長屋の路地の入口近くに弥吉が倒れていた。彼の呼子によって長屋の衆はおおかた起きている。真っ先に彼を見つけた利助と新吉が駆け寄ろうとした。

「待って」

るいが制止する直前、物陰から火縄をつけた瓶が数本投げつけられた。瓶は地上に落ちて割れると同時に、炎の傘を開いた。火炎瓶を投げつけられた三人が火だるまになりかけたとき、別の方角から数個の袋が投擲された。袋は広がりかけた炎の傘の上に落ちて、大量の砂をばらまいた。

出鼻を挫《くじ》かれた炎は分散し、勢いを失った。利助と新吉はさしたる被害《ダメージ》を受けていないと見たるいは、火炎瓶が飛んで来た源を狙って手裏剣を投げた。

したたかな手応えと共に、数個の人影が物陰から飛び出した。

「きさまら一人たりともここから帰さぬ」

彼らの前にうっそりと立ちはだかったのは、るいに長屋から動くなと言われていた鹿之介である。

「兄君、出てはいけませぬ」

るいが制止したときは、すでに鹿之介の腰間から白刃が迸《ほとばし》り、絵に描いたような居合抜きによって二人の賊が血煙を噴き上げていた。

だが、そのことによって、敵は闘志を煽られたらしく、忍び寄っていた集団が一斉に飛び出して来た。その数、十名以上は数えられる。まだ後備が潜んでいるかもしれない。

「女・子供も容赦するな。鏖《みなごろし》にしてしまえ」

首領らしいのが呼ばわった。

るいはその声を聞いた瞬間、花火見物を襲った一味とは別の筋であると直感した。

花火襲撃一味は鹿之介一人を的にしており、女・子供は眼中になかった。だが、いま

襲撃して来た集団は、落葉長屋衆全員に敵意を剝き出しにしている。

(妖狐《おとか》の一味)

るいは襲撃一味の正体を〝直感〟した。

落葉長屋の焼き払いをもくろむ者は、若狭屋の意を受けた地取り、三味線の権蔵以

外には考えられない。すると、妖狐一味は若狭屋に雇われていることになる。

妖狐は若狭屋の傭兵であったか。若狭屋の利益と、妖狐の雑魚屋での怨みが一致し

て、両者が結びついたのかもしれない。

襲撃集団は火炎瓶の的を替えて、長屋の屋根に投げ上げた。屋根に当たって砕けた

火炎瓶は、炎の傘を長屋の頭上に拡げて、長屋全体を押し包もうとした。

　だが、鹿之介は少しも動ぜず、火の手を見渡すと、よく通る声で、

「切って落とせ」

　と呼ばわった。

　鹿之介の号令を待ち構えていた住人が、長屋の周辺に張りめぐらされていた紐を切った。屋根に落ちて炸裂した火炎瓶は、屋根に被せられていた重りをつけた耐火性の網に包み込まれて、地上に雪崩《なだれ》落ちた。

　細工師の三太が蚊帳売りの清三郎や、糸師の長四郎、大工の組太郎らと協力して、屋根の上に仕掛けておいた防火用ネットが威力を発揮して炎を搦め捕り、包み込み、あっという間に地上に払い落としてしまった。

　そこに薬師の百蔵と歯磨き売りの与作が協力して調合した防火剤が、三太の工夫した竜吐水（消化剤噴霧器）から吹きつけられた。火炎瓶から炸裂した火の手は弱々しく燻《いぶ》りながら消えてしまった。

　襲撃一味は愕然とした。たかが吹き溜まり長屋の落ちこぼれとたかをくくって仕掛けていったのが、悉《ことごと》く外されてしまった。

「しゃらくせえ。遊びはこれまでだ。ぶっ殺せ」

首領の命令一下、手に手に白刃を抜き放ち、喊声をあげて突っ込んで来た。

妖狐一味の手並みはすでに雑魚屋で見せられている。いずれも尋常ならざる手練揃いであり、人を斬り慣れている。人を斬ることを愉しみ、なんのためらいもおぼえない。

こんな人斬り集団が凶悪な剣尖を連ねて長屋の烏合の衆に斬り込んで来た。まともに立ち合っては勝負にならない。

「逃げろ」

るいが叫んで、長屋の衆は固まって庄内の家に逃げ込んだ。

「待て」

首領が大家の家の手前にたたらを踏んで止まり、追跡する一味を制止した。屋内に待ち伏せしている怪しげな気配を本能的に察知したらしい。

だが、一拍遅く、先鋒の数名が長屋衆を追って雪崩込んだ。彼らは屋内に踏み込むと同時に、悲鳴をあげて飛び上がった。足元から激痛が頭に突き上げた。

床一面に鉄菱がばらまかれていた。勢いをつけて屋内に飛び込んだ一味の数名は、鉄菱の鋭いとげに足の裏をしたたかに刺されて飛び上がり、加速度をつけて落下した床には別の鉄菱が鋭いとげを立てて待ち構えていた。苦痛のあまり床を転がりまわって、さらに多くのとげを身体に集めている。

「二階に上れ」

さすがに首領は的確な判断をした。一階から無理押しをして打ち込めば、まだなにが仕掛けてあるかわからない。首領は兵力を二手に分け、主力を二階に向けた。鉤縄を使って二階によじ登り、上から一挙に制圧しようという作戦である。自らは数人の配下を残して、母屋《おもや》の出入口を封鎖した。

大家の家の屋根だけは瓦で葺《ふ》かれている。二階に取りついた一味は、二階の窓から一気に攻め込もうとした。その直前、窓が開き、ざぶりと異臭を放つ液体を浴びせかけられた。途端に足元が摩擦を失い、屋根の勾配に引かれて、滑り台を落ちる玉のように転がった。滑平が油をかけたのである。

全身油まみれになった一味は、次々に屋根から地上に転がり落ちた。二階の窓から、滑平が一味が持ち込んだ火炎瓶を手にして、

「あんたらの土産をお見舞いしようか」

と投げつける身振り《ジェスチャー》をした。

地上に落ちた一味は、ひっと悲鳴をあげて逃げまどった。一味の主力が油漬けにされて放火作戦は封じ込められてしまった。

「退《ひ》けぇ。ひとまず退け。女・子供がいない。遠方に隠れる閑はない。近くに固まって隠れているにちがいない。探せ」

首領は新たな指示を発した。さすがに実戦の場数を踏んでいる首領は、長屋の住人たちが烏合の衆ではないことを悟った。優れた軍師に率いられ、長屋全体が襲撃を予測して、一種の砦《とりで》に改造されていることに気づいたのである。

砦であれば、必ず弱点がある。首領はその弱点が女・子供、老人等の足手まといであることを見破った。足手まといを避難させる閑はなかったはずである。長屋のどこかに女・子供、老人どもの避難所があるにちがいない。

長屋の住人は一味に立ち向かうために、戦える者は総動員しており、避難所の護衛に兵力を割く余裕はない。これを押さえてしまえば、長屋は手も足も出なくなる。

首領は自ら、長屋の住人を庄内の家に封じ込め、二階から追い落とされた主力を、女・子供、老人たちの捜索に振り向けた。

長屋側に有利に展開していた戦況が逆転した。鹿之介とるいは直ちに敵の首領の意図を察知した。一味を大家の家におびき入れて袋の鼠とし、一挙に叩こうとした作戦を見破られ、逆に長屋衆が閉じ込められた形になった。

「おれが斬り払って血路を開こう」

と立ち上がった鹿之介を、

「火縄のにおいがします。どうやらきやつら、飛び道具を持っています。いま出て行けば、飛んで火に入る夏の虫です」

とるいが引き止めた。

「このままでは避難所を見つけられるのは時間の問題だぞ」

鹿之介の面に焦りの色が見えた。

「私がなんとかします」

るいは落ち着いた声で言った。

一味が最初から飛び道具を使わなかったのは、本命の的が鹿之介や長屋衆ではなく、土地にあったからであろう。長屋を焼き払って焼け野原にすることが、依頼人（若狭屋）から命じられた任務であろう。

それが意外に手強い長屋の抵抗に遭い、素人相手の遊び感覚で出かけて来たのが翻弄されてしまった。彼らもようやく本気になった。おそらく狙撃手は闇の奥から庄内の家の出入口に照準を定めているであろう。いま出て行けば狙い撃ちにされてしまう。だが、この場に封じ込められて時間を失っていれば、避難所を発見されてしまう。護衛に畳刺しの政次郎と針磨りの鋭太をつけてあるが、心許ない。

るいは弥蔵を呼んで、

「敵の飛び道具は何挺あるかわからない。まず私が囮《おとり》になって出て行くから、筒先の火を確かめて。敵の数から判断して、たぶん二挺か三挺、こいつを倒せばなんとかなる」

「おるいさん、あんたが飛び出したら、あんたが撃たれちゃうじゃないか」

弥蔵や三太が驚いて諫《と》めた。

「私のことは大丈夫。どこが光るか、しっかりと見届けて、弥蔵さんの弓で援護してちょうだい」

るいは言葉短く言い残すと、開け放しになっている出入口から、まず紐でまるめた座布団を投げた。すかさず銃声が轟《とどろ》いて、座布団が狙い撃ちされた。

弾込めの間を狙って、るいが飛び出した。だが、敵はそのことを予測していて、間髪を入れず、第二の銃火が闇の奥に光った。一瞬早く、るいの身体は出入口から跳躍していた。鹿之介が制止する間もなかった。

「逃がすな」

待ち構えていた首領ほか数名の一味が、るいを取り囲もうとした。屋内から矢が飛来して、一味の一人の肩に突き立った。致命傷ではないが、彼は戦意を失った。おもわず怯んだ一味に、つづけざまに矢が射込まれた。

銃火も銃声もなく、正確な照準で連射される矢に、一味は浮き足立った。

「うろたえるな。子供騙しの玩具《おもちゃ》だ」

首領が叫んで、飛来した矢を打ち払った。二挺の銃が応射した。銃と矢がまともに射ち合っては勝負にならない。

矢と銃が射ち合っている間に、るいは闇の中に溶け込んでいた。

「るい一人を外に出したのは、わしの過ちであった。るいを助けに行く」

鹿之介がるいを追って飛び出そうとするのを、長屋の衆が驚いて、寄ってたかって押さえた。

「旦那、そんなことをしてみなせえ。私《あっし》らはおるいさんに殺されちまわあな」

「おるいさんは心配ねえ。もうとっくに消えちまってますよ」

「おるいさんは鉄砲玉よりも速《はえ》え。あんなひょろひょろ弾にめったに当たるもんじゃありやせんぜ」

長屋衆は口々に言った。

「おるいさんはちゃんと弾と弾の間を見切っておる。まず座布団の囮を撃たせておいて、第二の狙撃が来る前に飛び出している。弥蔵の弓の援護で、敵の狙撃の注意はおるいさんから逸れている。そのことは先生にもわかっているはずだ。ご心配ご無用」

庄内が泰然として言った。鹿之介もるいが超常の女忍であることは承知しているが、不安を拭えない。

るいの自信と鹿之介の心理は必ずしも一致しない。これまでるいに何度も危ない場面を救われているが、鹿之介にしてみれば、るいの命を削って自分が生きているような気がする。

市井に住むようになってから、鹿之介は人生の愉しさを知った。その愉しさがるいを踏まえて成り立っているとおもうと切ない。るいの命を削って人生を愉しむわけにはいかない。るいあっての人生であることを最近、るいと共に（るいに助けられて）

危険を潜り抜けている間に悟った。

こうしている間も、るいが生命を張って鹿之介や長屋衆のために戦っていることをおもうと、居ても立ってもいられない。るいのいない自分の人生など考えられない。そのことを最近、痛感するようになった。

鹿之介にとって山羽家の家督など、なんの意味もない。るいは鹿之介が山羽三十二万石を継ぐべき運命のもとに生まれたと言ったが、鹿之介の運命はるいと共にある。熊谷家に兄妹として暮らしていたころは可愛い妹ぐらいにしかおもっていなかったが、危機を何度もるいと共に乗り越えている間に、彼女こそ自分の運命のようにおもえてきたのである。


鹿之介の心配をよそに、るいは闇の奥に閃《ひらめ》く銃火から狙撃手の位置を確認した。狙撃手は弥蔵の矢に注意を逸らされ、るいの接近に気がつかない。突如、闇が割れて、狙撃手が殺気をおぼえたときは、るいの間合いに完全に捕らえられていた。

慌てて銃口をふりむけようとしたときは、るいの忍者刀が旋回して、銃を支えた腕もろとも斬り落とされていた。残った一人が慌てて引き金を引いたが、見当外れの方角に弾は逸れ、銃を捧げ持った形で真っ向から斬り下げられていた。

出入口を封鎖していた狙撃手が無能力化されると同時に、鹿之介を先頭に長屋衆が屋内から喊声をあげて突っ込んで来た。だが、首領は立ち合わず、配下と共にさっと退いた。

「しまった。避難所が見つけられたぞ」

鹿之介は首領が封鎖を解除した意味を咄嗟に悟った。

避難所は長屋の裏手、町内持ちの稲荷の境内に構築されている。町内持ちの地守り神であるが、隣接する他町の住人にも信者がいる。庄内の家から走って、いまの時間で一分。一分あれば、避難した無抵抗の住民を鏖《みなごろし》にできる。もし火炎瓶を使い残していれば、一本投げ込むだけで全員が焼き殺される。

一味の別動隊は少なくとも七、八名はいよう。政次郎と鋭太の二人の護衛だけで防ぎきれない。鹿之介は歯ぎしりした。

一方、稲荷社の堂宇を念のために覗いた一味の別動隊は、行き過ぎようとして赤ん坊の泣き声を聞きつけた。

狐を稲荷の神の使いとする俗信を信じていれば、妖狐一味は稲荷社を捜索しないであろうと見込んで、その境内に避難所を設けたのであるが、赤ん坊の泣き声がその所在を露《あらわ》してしまった。

「こんなところに隠れていやがったか」

堂宇の扉を蹴破って踏み込んだ一味は、本尊の台座の下に階段を見つけた。本隊に避難者発見の呼子を吹いた別動隊は、喊声をあげて階段を駆け下った。

凶悪な気配に赤ん坊や幼子が一斉に泣きだした。

「一人残らずぶっ殺してしまえ」

一味が羊の群を見つけた飢えた狼のように舌舐《なめず》りをしながら襲いかかった。政次郎と鋭太が健気にその前に立ちはだかった。

「しゃらくせえ。血祭りだ」

圧倒的に優勢な狼の群の前に、たった二頭の番犬では、しょせん、隆車に歯向かう蟷螂《とうろう》の斧《おの》である。

だが、狼の牙が羊の群に届く前に、彼らは悲鳴を上げて階段を転がり落ちた。背中や首筋に手裏剣が突き立っている。間一髪のところでるいが間に合った。

「女一人だ。押し包んで踏みつぶせ」

るいが恐るべき女忍《くノ一》とは知らぬ別動隊が、鋒先をるいに集めた。るいの動きは一味の想像を超える速さであった。彼女が跳躍する都度、血が振りまかれ、一味が床に這い、階段を転がり落ちた。

るいが忍者刀を旋回すれば、必ず敵のだれかに当たった。一匹の狼でも羊の群に入れてはならない。

「面倒くせえ」

女一人と侮ったるいに手こずった一味の一人が、残していた火炎瓶を投げ込んだ。

「しまった」

るいは歯嚙みした。最も恐れていた事態である。一味は火炎瓶を使い切っていなかった。

稲荷社の地中に掘った避難所の床に炸裂した火炎瓶は、盛大に火の手を拡げた。阿鼻叫喚の渦となった。さすがのるいも手の施しようがない。

あわや一同、火焙《ひあぶ》りと見られたとき、ざざっという音を聞いた。同時に彼我双方共に大量の砂を浴びせかけられていた。

砂埃が立ち込め、拡がりかけていた火の手は砂に封じ込められて闇が戻った。階段の下り口に破水和尚が陣取り、竜吐水を一人で操り、筒先を避難所に向けていた。

破水を阻止しようとした一味は筒先を向けられ、目、鼻、口に砂を吹きかけられ、視力を失い、呼吸困難に陥った。そこに一味の本隊と鹿之介に率いられた長屋の衆がほぼ同時に駆けつけて来た。

火焙りの危険を躱したと悟ったるいは、一気に反撃に移った。一味別動隊は破水に砂をかけられ、ほとんど戦闘能力を失っている。機を見るに敏な一味首領は撤退を命じた。

ふんわりと落ちてきたものがある。清三郎が投げた蚊帳である。蚊帳は一味だけではなく、長屋衆も何人か巻き込んだ。

「袋叩《ふくろ》きにしてしまえ」

清三郎が叫んで、彼我見境なく長屋衆が蚊帳の上から畳や蒲団でも叩くように、手にした棒や、竿《さお》や、中には釜の蓋で打ちのめした。

「おれだ。おれだよ」

蚊帳の中から長屋衆が悲鳴をあげた。首領以下、二、三人が辛うじて蚊帳を躱して、配下を置き去りにしたまま逃走した。

一味の死者は二名、軽傷であるが身動きできなかったり、蚊帳に搦め捕られたりして置き去りにされた者五名は、死体もろとも奉行所に引き渡した。

またしても落葉長屋騒動に奉行所は色めき立ったが、鯨井半蔵の尽力で長屋側は被害者として事情を聴かれたのみですんだ。

「あまり騒動を起こしてくれるな。わしも庇いきれなくなる」

死体と一味の捕虜を引き取るとき、半蔵が言った。

半蔵もおおかた鹿之介の正体を知っており、彼を中心にして発生する騒動の原因にも見当をつけている。奉行所がへたに詮索すると、大名の御家騒動から大老と政商の癒着にまで巻き込まれかねない。町奉行所の手の及ぶところではない。

鹿之介と落葉長屋に好意的な半蔵は、そのように判断して、奉行によしなに具申しているらしい。

何度か危ない目に遭ったが、長屋の圧倒的な勝利であった。我が方には死者はない。弥吉が背中を斬られていたが、踏み込みが浅く、旅医者・安針の手当てによって一命を取り留めた。

また軽傷が数名、軽い火傷《やけど》や、砂を浴びて目や喉を痛めた者がいたが、いずれもさしたる損傷《ダメージ》ではなかった。

だが、るいは振り返ってぞっとした。一味の襲撃を察知したとき、かねて申し合わせていた通り、打ち上げた狼煙を見て、破水和尚が駆けつけてくれたが、彼の救援が一拍遅れていれば、避難所にいた女・子供、老人たちは全員焙り殺されていたであろう。るい自身も危ないところであった。

避難所も安全が保障されていなかったのである。彼女はそのことに責任をおぼえていた。

また、敵が鉄砲で武装していることは当然、予測すべきであった。意識の片隅では、もしかすると、と危惧しないわけではなかったが、これまでの襲撃で鉄砲は一度も使用されたことがなく、幕府も鉄砲の所持を固く禁じていたので甘く見ていた。

夜盗づれが、まさか鉄砲を所持していようとはおもわなかった。もしかすると、一味の鉄砲は若狭屋があたえたものかもしれない。

るいは改めて容易ならざる敵と向かい合っていることを知った。

しかも、その敵は一方だけではない。おさきの方の刺客、および榊意忠の方角からも敵性の気配がある。

一味の残党を奉行所に引き渡した後、長屋衆と破水和尚らが庄内の家に集まった。

襲撃一味の素性は、生け捕りにした配下たちの白状によって、妖狐一味と確定した。

一味の首領は総頭おしなの片腕で、六車外記《むぐるまげき》であることがわかった。女子・幼児といえども容赦なく殺すその酷薄な性格から、別名鬼車とも呼ばれている。

襲撃一味の正体はわかったが、指揮者の六車に逃げられたため、彼らを派遣した黒幕が確認されない。おおよそ若狭屋であろうと見当はつけられたが、確証はない。捕まった連中は依頼主がだれであるか知らない。

「若狭屋が妖狐と結んでいるとすれば、ますますもって容易ならぬ事態だな」

鹿之介が表情を引き締めた。

「若狭屋が地取りの黒幕であり、長屋の土地の移譲を強請してきた後、妖狐一味が長屋を焼き払おうとしたのですから、きやつらが結びついていることはほぼ確かです」

るいが言った。

「雑魚屋を襲ったのも若狭屋の差し金かな」

南無左衛門が言った。

「雑魚屋以下、一連の江戸市中の押し込みは若狭屋とは関係あるまい」

庄内が答えた。一同の目が庄内に集まった。

「雑魚屋を襲っても、若狭屋には特に利益はない。雑魚屋以後、なにかのきっかけがあって、この両者が結びついたのだろう」

「なにかのきっかけとは、どんなきっかけですい」

文蔵が身を乗り出した。

「きっかけはいくらでもある。江戸随一の札差と、同じく江戸きっての群盗一味。江戸の豪商を片っ端から荒らしまくった妖狐が、若狭屋に目をつけねえはずはねえ。若狭屋も当然、妖狐に対して備えは立てていたはずだ。両人が真っ向からぶつかり合えば、双方共に怪我をする。そこで、どちらからともなく話し合いとなり、手を結んだということだろう。仲を取り持ったのが、若狭屋が日ごろから餌を与えていた地取りの連中だ」

「なーる。地取りの連中なら妖狐とよしみを通じていても不思議はねえな」

「証拠をつかめ。若狭屋と妖狐が通じているという証拠がつかめれば、若狭屋をぶっ潰せる。若狭屋の後ろには榊意忠がいる。ちょっとやそっとでは潰せないが、榊も妖狐と遠回しにつながっていることが露見すれば、立場が悪くなる。面白いことになるかもしれない」

鹿之介が言った。

「こちらから仕掛けてはどうかしら」

るいが宙に視線を泳がせながら言い出した。

「仕掛ける……」

一同がるいに視線を集めた。

「これまで長屋が一方的にやられてばかりいるわ。こちらから仕返してみてはどうかしら」

「仕返す。妖狐にか」

鹿之介が問い返した。

「まず妖狐よ。こいつら、これまでに江戸中を荒らしまわっている。粕谷さんの仇討ちの意味もあるわ。二度と悪さのできないように叩きのめしたらどうかしら」

「そうはいっても、妖狐の居所も兵力もわからぬ。その総領・おしなの顔を見た者もおらぬ。そんな煙のような連中に、どのように仕掛けるというのかね」

　庄内が問うた。

「一味の何人かを生け捕って奉行所に引き渡したでしょう。こいつらを鯨井の旦那に頼んで泳がせるのよ」

「つまり、捕まえた妖狐一味を解き放して、後を尾《つ》けるというわけだね」

「そうすれば一味の居所に帰るか、あるいは必ず連絡《つなぎ》をつけるわ」

「鯨井の旦那が簡単に妖狐一味を解き放すかね」

「それは庄内さんの腕次第よ。鯨井の旦那にはかなり貸しがあるわ。大家さんが頼めば、一人や二人は解き放すかもしれない」

　るいの口調には自信があった。

　たしかに鯨井半蔵には難しい捕り物の手助けや、雑魚屋の討ち込み、またこの度の長屋焼き討ち未遂事件などにおいて、手こずっていた妖狐一味の何人かを捕らえて引き渡している。

　半蔵にとっては、鹿之介、るい、および落葉長屋は隠れた協力者《レポ》である。また庄内の広範な人脈は貴重な情報源であった。

「そうだな。鯨井の旦那に持ちかけてみるか」

庄内は乗り気になったらしい。

これまで風呂屋の襲撃以来、何度もはね返してはいるが、常に守勢に立っていることは事実である。仕掛けて来たのは妖狐一味を含めて、おさきの方が差し向けた刺客と、榊意忠の三本の線が考えられるが、妖狐一味を叩けば、他の二本の線に対する牽《けん》制《せい》にもなるであろう。

江戸で最も凶悪な群盗・妖狐一味や、鹿之助を狙う刺客や、権勢並び立つ者のない大老に対する、吹き溜まりの落葉長屋の、痛烈な反撃《カウンターブロー》になるであろう。

長屋衆はるいの提案を聞いている間に、血が沸き立ってくるようであった。落葉長屋に吹き溜まった世の中の落ちこぼれどもが、時の権力を相手に戦う。おもうだに痛快である。

自分を見失って、江戸の底辺を漂流していた彼らは、いま初めて生きる目的を見つけたようにおもった。それは生命の危険を懸ける目的である。

しかし、生きている手応えとは、本来、そのようなものではないか。もともとそれぞれが世間からはみ出した尋常ではない半生を背負っている連中が、休眠していた野性を呼び覚まされた形であった。度重なる手練揃いの刺客や、妖狐一味をはね返したことが、彼らに自信をつけさせている。

鹿之介やるいは、長屋衆が明らかに変わりつつあることを感じ取っていた。彼らは単なる落ちこぼれ吹き溜まり集団ではなく、それぞれの特技を抱えた戦力の集団になりつつある。彼らが一団となって鹿之介やるいの指揮の下に戦えば、恐るべき軍団となることを実証した。

鹿之介は、ふと背筋が寒くなるような興奮をおぼえた。

刺客の末路

落葉長屋から、その焼き討ちを謀って未遂に終わった一味を引き渡された町奉行所与力・鯨井半蔵は、彼らが妖狐のおしなの配下という自供を得て、この際、徹底的に一味の撲滅に取り組もうとした。

妖狐一味の跳梁に、これを模倣する無頼の集団が増えている。妖狐を叩けば、模倣犯はおのずから影をひそめるであろう。ましてや、熊谷鹿之介から妖狐一味が若狭屋升右衛門とつながっている疑いがあると聞いては、捨ててはおけない。

若狭屋が無頼の地取り・根切りの善助を使って江戸の川向こうを買い占めているという噂は、半蔵の耳にも入っている。その目的は確認されていないが、稀代の政商・若狭屋の魂胆に不気味なものをおぼえた。

半蔵の峻烈な取り調べにあって、一味は妖狐の配下であることを白状したが、焼き討ちの目的や、妖狐の黒幕についてはなにも知らない。生け捕りになった一味は、命じられるままに動いた道具にすぎない。一味のほとんどは総領・おしなの顔も見たことがない連中であった。

せっかく妖狐に迫る糸口をあたえられながら、半蔵は、はたと行きづまった。

そのとき奉行から妖狐一味の取り調べは無用であるという達示（上意）を受けた。理由はわからない。上層部から圧力がかかったことを半蔵は感じた。たぶん若狭屋が大老に働きかけたのであろう。

この圧力によって、半蔵は妖狐と若狭屋、そしてその背後にいる大老の存在を感じ取った。彼らはつながっている。そして、落葉長屋が大老までも動かす存在であることを、はからずも示す形になった。

　奉行の圧力と前後して、落葉長屋の庄内から引き渡した妖狐一味を解き放してもらえないかと持ちかけられた。彼らを泳がせて、一味の隠れ家を突き止めるという暗示を含んでいる。日ごろ懇意にしている庄内の要請とはいえ、奉行所に指図をするとは僭越も極まる。

　だが、落葉長屋には借りがある。妖狐一味はもともと落葉長屋が生け捕りにして奉行所に引き渡したものである。奉行から、その取り調べは無用と言い渡され、与力の限界をおもい知らされた半蔵にとっては、一種の渡りに舟の提案であった。

　一味を泳がせ、そのアジトを突き止めるとは妙案である。一味の釈放は奉行を介した達示にも適《かな》うことになる。

　半蔵は庄内の要請（暗黙の指図）に従い、一味のうち三名を解き放した。二名はまだ負傷が治癒せず、治療を要すという名目で伝馬町の養《やしない》牢（今日の医療刑務所）に留置した。

　半蔵は一味の釈放に伴い、下っ引きの勘平と伝助、金太に彼らの尾行を命じた。

「よいか。きやつらも当然、尾行を警戒しているであろう。素直に隠れ家に行くとはおもえぬ。決して無理をしてはならぬ」

無理をせずとも、落葉長屋の衆が網を張っている。鹿之介の影のようなるいという女が、凄腕の女忍《くノ一》であることは察している。一時放された三人がるいの張った網を破れるとはおもえない。

半蔵がむしろ恐れているのは、妖狐が釈放された一味を消すことであった。妖狐は奉行所の意図を先に読み、一味が隠れ家に帰り着く前に抹殺してしまうかもしれない。むしろ、その危険性が高い。

るいはそのことに対しても手を打っているであろう。


一味のかまいたちの鎌太郎、猫目のがんまく、蜉蝣《かげろう》の銀平は、暮六つ刻《どき》に解き放された。真っ昼間に釈放すると、当然、尾行を警戒して素直には隠れ家に帰らぬと判断したからである。たとえ夜間でも警戒はするであろうが、彼我いずれにとっても闇に紛れて行動しやすい。

突然、いずこに赴こうと好きにいたせと釈放された一味三人は、束の間、途方に暮れたようであったが、速やかに三方に分かれたのはさすがである。三手に分かれれば、それだけ尾《つ》けにくくなる。

勘平、伝助、金太はそれぞれかまいたち、猫目、蜉蝣に張りついた。かまいたち、猫目、蜉蝣はとっぷりと暮れた江戸の町を、それぞれ勝手な方角に進んだ。

大通りから横丁に入る。あるいは各町内をつなぐ新道を抜ける。または突き抜けと呼ばれる堀に面した明地から河岸を伝って橋を渡り、右に折れ、左へ曲がる。尾行を撒《ま》こうとしていることは明らかであった。

伝助、勘平、金太の三人は振りまわされてへとへとになった。鯨井半蔵からは、無理をするなと言い含められているが、むきになった。一味三人は尾行を翻弄している。突然の釈放の真意をとうに察知しているのである。

一味はさんざん寄り道した挙げ句、かまいたちの鎌太郎は吉原に、猫目のがんまくは本所回向院《えこういん》前の岡場所に、蜉蝣の銀平は根岸の比丘尼《びくに》茶屋におさまった。いずれも今夜は売女《ばいた》を抱いて寝るようである。

伝助、勘平、金太の三人は釈放された一味が、女の体に埋もれて寝ている間、寒空の下に震えながら張りついていなければならない。内張り（内部で見張る）しては、一味の予測できない行動に咄嗟に対応できない。

深更、震えながら外張り（屋外の見張り）していた三人の下っ引きは、それぞれ耳許に、

「あんたたちが尾《つ》けていることはとうに悟られている。これ以上見張っていても無駄だ。あとは私たちに任せなさい」

とささやく声を聞いた。彼らははっとして周囲を見まわしたが、闇の中に動く者の気配はない。

「鯨井の旦那からの伝言だ。もう帰って寝《やす》めとさ」

つづいて別の声がささやいた。

三人は半蔵の意を酌んだ別の手の者が一味を見張っていることを知った。半蔵が無理をするなと言ったのは、別動隊を意識していたのであろう。三人は「あとは任せろ」という別手の勧告に従うことにした。

彼らが監視を解いて一刻《とき》（二時間）ほど後、かまいたち、猫目、蜉蝣の身辺に異変が生じた。

根岸の比丘尼茶屋に入った蜉蝣は、敵娼《あいかた》の比丘尼を貪った後、比丘尼の柔らかい身体を抱いたまま深い眠りに落ちた。たまっていた欲望を久しぶりに触れた女体に吐き

出して、陥った睡魔は圧倒的であった。

　埋もれていた比丘尼の身体の微妙な動きにはっと目覚めた蜉蝣は、周囲が真昼のように明るいのを知った。一瞬、昼まで寝過ごしてしまったかとおもったが、記憶のある異臭が鼻をついた。自衛本能が目覚めた。餅のように絡みついている比丘尼の身体もろとも、寝床から跳ね起きると同時に、部屋の外から複数の黒い影が斬り込んで来た。

　辛うじて第一の影の剣は躱したが、息継ぐ間もなく迫った第二の影の攻撃は躱せない。

　蜉蝣は咄嗟に比丘尼の身体を楯にした。女の悲鳴と同時に、熱湯のような血が蜉蝣の視野をつぶした。第三の影がすでに間合いに入っている気配を全身で感じ取りながら、蜉蝣にはこれを防ぐ手立てがなかった。観念の眼《まなこ》はすでに閉じられている。

　絶体絶命の窮地に立った蜉蝣は、凄まじい剣勢が身体をかすめた気配と共に、ざざっとしぶいた新しい血のにおいを嗅いだ。それは自分の身体から発した血のにおいではない。

「こっちだ」

視力を失った蜉蝣の耳許に声がして、突き飛ばされた。彼がいた空間に太刀風が交差して、床に這う音がした。まただれか斬られたようである。

目にしぶいた比丘尼の血を拭い落として、ようやく視力を回復した蜉蝣は、彼が比丘尼と同衾《どうきん》していた寝床に四人の男女の死体が倒れているのを見た。一人は比丘尼であり、他の三人は蜉蝣の知っている妖狐一味であった。

「なにを突っ立っておる。また新手が来るぞ」

三匹の妖狐を斬り、蜉蝣を助けてくれたらしい浪人が叱咤した。蜉蝣もすでに顔を知っている熊谷鹿之介である。

これまで蜉蝣が的として狙っていた鹿之介が、なぜ救ってくれたのか。それを詮索している閑《ひま》はなかった。

鹿之介に先導されるようにして、蜉蝣は比丘尼茶屋から逃れた。

ほぼ同じころ、本所回向院前の岡場所にしけ込んでいた猫目のがんまくの身にも異変が生じていた。

夜更け、猫目は肩の寒さに目覚めた。女はまだ来ていない。江戸最低の岡場所では、徳利一本付きの煎餅蒲団にくるまって、廻し（多数の客を取って回る）女を待っているところから、猪口《ちょこ》の間の客と呼ばれる。

猫目は徳利一本飲んで、煎餅蒲団に横たわって女を待っている間に、疲労に負けて、いつの間にか眠り込んでしまったらしい。女不足の夜は、へたをすると一晩中待ちぼうけを食わされてしまうこともある。一眠りしたので体力は回復している。猫目は手を叩いて女を呼んだ。

仕切りの屛風が引かれた。

「待たせたな」

声と同時に、凄まじい殺気をおぼえた。それも複数の殺気である。咄嗟に煎餅蒲団を身体に昆布巻きのように巻いて床を転がったが、避けきれない。蒲団は煎餅ながら斬り込む太刀の多少の緩衝になるが、突きに対しては弱い。このままでは蒲団ごと蓑虫のように突き刺されてしまうと判断した猫目は、さらに転がりつづけて、身体を巻いていた蒲団を解いた。

「逃がすな」

裸身同然になった猫目を複数の襲撃者が追撃して来た。枕許に置いていた武器は、手の届かぬ位置に離れた。猫目は咄嗟に煎餅蒲団を力一杯引いた。蒲団を踏みつけていた敵の一人が、引く力に足を取られて転倒した。

だが、あと一人の刺客が健在である。身に寸鉄も帯びていない猫目は追いつめられた。隣りの猪口の間とを仕切る屛風に、猫目はつまずいて倒れた。

得たりとばかり、必殺の太刀を刺客が振り下ろした。煎餅蒲団に女を抱いて寝ていた隣りの猪口の間の客が飛び起きた。避けも躱《かわ》しようもない必殺の太刀が猫目に迫った。同時に、血のにおいがして、刺客が猫目を押し倒した。隣りの客の蒲団に屛風ごと倒れた猫目は、自分の身体がどこも傷ついていないのを悟った。だが、血のにおいは室内に充満している。

一瞬、猫目は茫然としたが、隣りの割床（割部屋）で女を抱いていた客が、刺客が太刀を振り下ろすよりも一拍早く、下方から隠し持っていた剣を突き上げたことを知った。剣尖は刺客の胸を突き抜け、背後に覗いている。剣が蓋をした形で、客は返り血も浴びていない。

「なにを見ている。逃げろ」

唖然としている猫目に、客が声をかけた。猫目はそのときになって、隣りの客が落葉長屋の大家であることを知った。そして、彼を襲った二人の刺客が妖狐一味であることに、ようやく気づいた。味方が彼を殺そうとし、敵が彼を救ってくれたのである。

その矛盾の中で、猫目は自分がまだ生きていることを実感した。


翌早朝、吉原で事件が発生した。

遊女の小菊は首筋にぬるりとした生暖かさをおぼえて目を覚ました。同じ床に添い寝している男は、昨夜遅く、売れ残った彼女を指名して買った客である。前に二、三度遊びに来たことのある客であった。

寡黙で、なにを考えているのかわからない不気味な客であったが、金払いはよかった。金回りはよいらしく、小菊に、遊ぶ都度一分（一両の四分の一）の心付けをくれた。当時は太夫は消滅しており、かわって呼出しと呼ばれる高級遊女の下に、昼三《ちゅうさん》と呼ばれる、昼だけ呼んでも三分取られる準高級遊女、附廻《つけまわ》しとあり、小菊はその下位の部屋持ちと呼ばれる自分の部屋で客を取る下層の遊女で、昼夜二分、夜仕舞《よじまい》は（最後の客）二朱である。

この客は、これまでいつも大門が閉まる四つ（午後十時）少し前に来て泊まって行く。今夜は大門が閉まった後、袖門（くぐり戸）から登楼した。昼三でなく夜三であるが、それでも客は一分の心付けを加えてくれた。

薄気味悪い客であるが、遊び上手で床達者の小菊を手練手管ではなく、本気にさせてしまう。

今夜も遊女の小菊の方が、何度も気をいかせられた。練達の女郎ともあろう者が、客に翻弄されて腰が抜けたようになり、深い眠りに落ちてしまった。

首筋にぬるりとした異様な感触をおぼえて、なにげなく手を当てた小菊は、客の枕許が真っ赤に染まり、客の首が半分もげかけているのを寝ぼけ眼に見て取った。眠気は一ぺんに吹き飛んだ。

（ひ、人殺し）

と叫んだつもりが言葉にならず、小菊自身殺されたような悲鳴が、大引け（午前二時）後の寝静まった廓の静寂《しじま》を切り裂いた。深夜の廓は大騒ぎになった。袖門横にある町奉行所の分所（今日の交番）から同心と岡っ引きが飛んで来た。

同心が死体を調べて、就寝中、客が首を斬られたと見立てた。下手人として同衾していた小菊がまず疑われたが、彼女は刃物を所持しておらず、客を殺す動機がない。

それに、一刀の下にすぱりと斬り落とした傷口が、手練の者の仕業であることを物語っている。遊女にできる芸当ではないことは一目瞭然であった。

同衾している遊女にも悟らせず、客の首を薄皮一枚残して一刀の下に斬り落とした手並みは尋常ではない。自分一人の手に負える事件ではないと判断した同心は、速やかに与力の鯨井半蔵に報告した。

月当番であった半蔵は、奉行所から押っ取り刀で駆けつけて来た。

死者を検《あらた》めた半蔵は、おもわず洩れようとした驚愕の声をようやく喉元にこらえた。彼は昨日暮れ方解き放したかまいたちの鎌太郎であった。かまいたち、猫目、蜉蝣、三人同時に解き放し、いずれにも尾行をつけたが、撒かれてしまった。

そのうちの一人が吉原の遊女屋で無残な骸《むくろ》となって発見された。半蔵の不吉な予感が的中した。尾行を命じた三人の手下《てか》には、無理をするなと言い含めておいたが、それは落葉長屋の網を信じて託したのである。

熊谷鹿之介やるいの率いる長屋衆の網を巧妙に潜り抜けて、かまいたちを殺害した。となると、猫目や蜉蝣の行方も心許ない。

妖狐は三人が泳がされていることを知って、彼らが隠れ家に帰り着く前に消したのであろう。他の二人が殺されたという報告はまだない。猫目と蜉蝣の身になにか異変があれば、落葉長屋から言ってくるはずである。

それにしても、妖狐の刺客は落葉長屋の網をどのようにして潜り抜けたのか。潜り抜けられた落葉長屋からなぜなにも言ってこないのか。

その詮索をひとまず保留した半蔵は、事件発生時、現場に居合わせた者たちから事情を聴くことにした。

吉原での殺人事件は少ない。享保八年（一七二五）、恋に狂った佐野次郎左衛門が中萬字屋の八ツ橋を斬殺した。仙台藩主伊達綱宗が万治三年（一六六〇）高尾大夫を身請けした後、高尾に情人がいたことを怒り、隅田川で吊し斬りしたという伝説があるが、真偽は確かめられていない。

登楼する客は武士、町人を問わず、刀や刃物の持ち込みは禁制である。引手茶屋から遊女屋へ行くとき、客は茶屋に刃物類を預ける。この下手人は大門が閉じた後、登楼した客を刀を用いて殺しているところから、禁制の刀剣を隠し持ち込んでいたのである。

殺された客の敵娼は、よほど衝撃が大きかったと見えて、ほとんど口もきけない状況であった。半蔵は当初、敵娼が共犯者《グル》で、下手人を手引きしたのではないかと疑った。

敵娼の小菊は、小見世という最下等の遊女屋で、二朱女郎（一朱は一両の十六分の一）ばかり置いている部屋持ちであり、自分が起居している部屋で客を接遇する。年増が多く、最高級の呼出しや、それに次ぐ昼三になり損なった留袖新造から部屋持ちになった。

下級の遊女であるが、吉原の女の価値を上げるための奇妙な慣習や、揚屋や引手茶屋を経由せず、直談《じかづけ》、あるいは素上がりという客が遊女を格子先から見て、気に入った妓《こ》を選んで安直に遊べるので、客に人気がある。

遊女屋の遣手《やりて》（遊女の介添え《マネージャー》）に聞いたところ、殺された客は夜見世が閉まる中引けの九つ（午前零時）少し前に、小菊を選んで登楼したという。事件が発見されたのは大引け（午前二時）の拍子木の少し後だったという。

登楼後しばらくは、客も遊女も起きていたから、犯行時間は二人が事をすまして眠り込んだ大引け少し前から後にかけてであろう。

「お客は昨夜遅く、突然来ました。当夜、小菊に文を運んで来た禿《かむろ》はおりません。客から前もって文がくれば、必ず私が取り次いで禿に届けさせます。大門際の髪結床もそんな手紙の仲介はしていません。小菊も私も見世の者も、あのお客が昨夜来ることは知りませんでした。前に二度来て小菊が気に入ったらしく、私たちにまでご祝儀をくださいました」

と遣手婆は言った。

部屋持ちの彼女に二分（一両の二分の一）の床花（心付け）をあたえ、遣手や牛太郎（遊女屋の男雑役）などにもそれなりの花（祝儀）を配る者はめったにない。遣手の被害者に対する心証はよささそうである。牛太郎などの話を聞いても、おおかた遣手の証言と一致した。

中引け直前に飛び込んで来た客を殺すために、小菊が連絡《つなぎ》を取る時間はない。今回を含めて三度しか会っていない客を殺さなければならない動機は、小菊にはない。

下手人は客を尾行して、前後して登楼し、客と敵娼が眠り込むのを待っていたのであろう。

当夜、中引け前、被害者につづいて同じ遊女屋に上がった別の客はいない。下手人は閉じられた大門も袖門も通らず、侵入した。

吉原の出入口は、盗賊の侵入や遊女の逃亡を防ぐために大門一ヵ所だけである。だが、客と仲良くなった遊女が手に手に塀を乗り越え、溝を渡って逃亡することは珍しくない。そのほとんどは捕まってしまうが、大門を通らず外部から侵入できないことはない。

ましてや、下手人が忍びの術に長けていれば、溝や塀の忍び返しなどはなんの障害《バリア》にもなるまい。

半蔵は岡っ引きや下っ引きを動員して、吉原の周囲を調べさせたところ、京町一丁目の突き当たり、西河岸鉄漿《おはぐろ》溝に面した塀の忍び返しが一部壊されているのが発見された。その場所は面番所のある大門から最も離れている箇所である。下手人は犯行前後、ここから出入りしたと推測された。

被害者の斬り口といい、同衾している敵娼にも気づかせず、かまいたちの鎌太郎と謳《うた》われたほどの敏捷《びんしょう》な男を一声もあげさせず、薄皮一枚残して一刀の下に首を斬り落とし、大引け前後とはいえ人目の多い吉原から煙のように立ち去った手並みは、尋常ではない。

おおかたの調べを終えた半蔵は、吉原から落葉長屋に向かった。彼らが猫目と蜉蝣の行方についてなにか知っているかもしれない。

落葉長屋では鹿之介が、

「そろそろお出ましのころと、お待ち申しておった」

と意味ありげな笑みを含んで迎えた。

「吉原の騒動は先刻ご承知でござろうな」

と半蔵は鹿之介の表情を読んで言った。半蔵に素性を打ち明けたわけではないが、うすうす鹿之介のやんごとなき生まれを察しているらしく、言葉遣いに節度を保っている。

「長屋の衆は地獄耳にござる」

鹿之介はさりげなく答えた。

「地獄耳ではなく、貴公が長屋衆を率いて張りめぐらしていたはずの網を、なにゆえああも易々と破られたのでござるか」

半蔵は問うた。

「網は初めから張っておりませぬ。ただ、見張っていただけでござる」

鹿之介はしゃらっとした表情で答えた。

「網は初めから張っていなかったと……」

「左様。かまいたちは初めから女郎を抱いて、裸で眠っておりました」

「それはまたなぜ……」

「いまごろはるいが妖狐の巣を突き止めておりましょう」

「すると、るい殿はかまいたちに張りついていながら、故意に殺させたというわけですか」

「いかにも。猫目と蜉蝣も襲われましたが、我らが救い、かくもうておる」

「なぜ、かまいたち一人を……」

「きやつらが生け捕りになった時点で、妖狐は巣を替えておりましょう。解き放たれた三人は巣に帰りたくとも、帰る巣はありませぬ。三人すべて我らがかくまい、刺客を斬ってしまえば、もはや妖狐の巣を探り当てることはできませぬ」

「なるほど。そこでかまいたちのみ刺客の餌にさせたというわけですな」

半蔵は改めて鹿之介の智略に舌を巻いた。

猫目と蜉蝣を襲った刺客は、すべて始末したが、かまいたちを殺した刺客は目的を達して、妖狐の許に帰って行くであろう。これをるいが尾《つ》ける。刺客はるいの尾行を仮に察知したとしても、振り切れないであろう。またるいは気づかれるような尾行はしない。

「そして、貴公、猫目と蜉蝣に仕掛けた刺客はいかが始末されましたか」

「その場に捨ておきました」

「捨ておいた……？」

「江戸は人間の海でござる。海で死ねば海に還《かえ》る。自然の摂理でござる。生きている者が死んだ者を養分にして生き残る。一夜のうちに死体は消えてなくなりました。あるいは妖狐一味が始末したかもしれませぬ」

鹿之介はにやりと笑った。

妖狐一味が始末しなければ、長屋衆がしたかもしれない。鹿之介らがしたことは殺人であり、死体の隠匿であるが、奉行所は暗黙のうちにそれを委託している。奉行所が解き放した二人を守って襲って来た刺客を斬ったのも、奉行所が委託した範囲に入る。

範囲を超えたとしても、襲われている人を救おうとして助勢したところ、自分の身が危なくなったので反撃したということになれば、正当防衛になる。

「それで猫目と蜉蝣は長屋でかくまうてござるか」

「左様。あの者たちに帰るところはござらぬ。奉行所に返すわけにもいくまいて」

「妖狐は二人が落葉長屋にかくまわれていることを気づいていますかな」

「猫目と蜉蝣と共に刺客が行方を晦《くら》ませば、まずは長屋に目をつけるでしょうな。妖狐一味とはすでに何度か立ち合うておる。過日の花火見物の騒動も、妖狐が関わっているやもしれませぬ。妖狐が猫目と蜉蝣の居場所を突き止めるのは時間の問題でしょうな」

鹿之介は他人事のように言った。

「さすれば、妖狐が長屋を襲うのは必定」

落葉長屋衆がいずれも一筋縄ではない経歴の持ち主であり、一種の軍団としての戦力をすでに実証しているが、女・子供や老人もいる。妖狐が幕府禁制の鉄砲を所持していることもわかっている。妖狐一味が総力を挙げて襲って来れば、いかに鹿之介やるいがいても危ない。

「はは、そのためのこたびの仕掛けでござるよ」

鹿之介がにんまりと笑った。

「そのためというと……」

半蔵は束の間、鹿之介の言葉の含みをつかみ損なったが、綱は初めから張っていなかったという言葉をおもい出して、はっとした。

「それではまさか、こなたから」

「さすが、鯨井殿、お察しが早い。これまでは我が方が受け身に立っておりました。江戸にこなたより仕掛ければ、女・子供、ご老体にも迷惑をかけることはござらぬ。江戸に仇《あだ》なす害虫ども。この際、大掃除をしておくのも悪くはござるまい」

鹿之介の口調には自信がある。その自信はるいという屈強の女忍《くノー》を踏まえているからであろう。

「妖狐一味の居所がわかれば、奉行所からも出役いたす。いや、むしろ当方の出番にござる」

半蔵は江戸の貧民窟、落葉長屋の住人どもの出る幕ではないと言えないところがもどかしかった。

これまで奉行所の総力を挙げても妖狐一味に翻弄されつづけている。妖狐に反撃してその兵力を減殺し、生け捕りにしたのも鹿之介ら長屋衆である。

それに半蔵すらうかがい知れぬ雲の上から、花火船騒動の吟味に対して圧力がかけられたことも不気味である。鹿之介とは意気投合しているが、なにか計り知れない謎が鹿之介という人間の中に詰められているようである。

鹿之介はその謎を切り離そうとして、落葉長屋に身を隠しているのではないのか。だが、切り離そうとしても切り離せるような謎ではない。雲の上からの圧力も鹿之介の謎に関わっているようである。

妖狐一味はどうやら若狭屋と手を結んでいるようである。若狭屋の背後には榊意忠がいる。上からの圧力も榊から発しているのかもしれない。となると、妖狐と圧力はつながっていることになる。妖狐一味は江戸の清掃のために叩き潰したいが、奉行所が真正面から出て行けば、また圧力がかかるかもしれない。

半蔵の立場は微妙であった。だが、落葉長屋が妖狐一味に初めての先制攻撃をかけるのを、奉行所として指をくわえて見守っているわけにはいかない。

幕閣の中には榊大老の幕政壟断と政商・若狭屋との癒着を苦々しくおもっている者も少なくない。榊の圧倒的な権勢に黙してはいるが、なにか機会があれば、榊政権に対する不満が噴き出すであろう。

落葉長屋の妖狐に対する先制攻撃が、その突破口になるかもしれない。半蔵は次第に血が熱くなってくるのをおぼえた。

水に落ちた狐

るいは暮れ方近くになって、帰って来た。さすがに疲労の色は隠せなかったが、目がぎらぎらと燃えていた。

「妖狐の隠れ家を突き止めましてございます」

るいは鹿之介に報告した。おそらく昨夜から一睡もしていないのであろう。忍者は七日間、不眠不休のまま行動できるというが、一夜眠らずに敵を見張り、その本拠を突き止めるまで尾行した疲労は、彼女の面を一層鋭角的にして凄艶に見えた。

「刺客が尾行を警戒し、野良って（うろつきまわる）おりましたので、手間を取りました。妖狐は船に乗っています」

「船だと」

「品川沖に浮かべた船が隠れ巣です。さすが妖狐だけあって、用心深うございます」

「船にこもっておるとなると、ちと面倒だな」

「売《う》ろ売ろ舟（物売り舟）や塵芥船なども近づかせませぬ」

「牡蛎《かき》のように船の中に閉じこもっておるのか」

「船中に暮らしておりますので、四六時中、船に閉じこもっているわけではありませぬ。しばらく見張っておりますと、配下が時折、陸に上がって必要なものを買い求めて帰ります。女を買いに上陸《あが》る者もいます」

「なるほど。配下に紛れて船に近づくという手があるな」

「配下に紛れ込むことはできませぬ」

「では、どうするのだ」

「陸に上がった者も泳いで帰るわけではありませぬ。小舟を雇って帰ります。小舟の船頭はいつも顔馴染とは限りません」

「そうか。船頭に化けるという手があるな」

「女を買った配下の帰り舟は、精を抜かれて油断しています。これの船頭に化ければ、巣船に乗り込めます」

「おれは舟を漕げぬが」

「新吉や清三郎、滑平などが漕げます。私が船底に張りついて行きます」

「それでは、おれの出番がない」

「売ろ売ろ舟に化けて近づけるだけ近づいていてください。乗り込んだら合図の狼煙《のろし》を上げます」

「妖狐の巣船には一味が固まっておるのであろう。わずかな手勢で乗り込んでも勝ち目はあるまい」

「やつらが長屋に仕掛けたように、一挙に火をかけます。こちらには百蔵と滑平がつくった百尺を超える花火があります」

「るいの言う狼煙とは、そのことか」

「はい。火の手が上がったら、一挙に攻めてください。一味が固まっている船の上の方がやりやすい。一網打尽です。兄君のお出ましをいただくまでもないでしょう。売ろ売ろ舟の上から高みの見物をしていてくださいな」

「そうはいかぬ。るい一人に危ない目をさせるわけにはいかぬ」

「これが私の役目でございます。兄君に仇なす輩は一人残さず刈り取るのが……」

るいは燃えるような目で鹿之介を見つめた。それは鹿之介に対する慕情と、その敵に向ける闘志を二重に塗った艶色であった。

「私はいまから一刻《とき》（二時間）ほど眠ります。その間に兄君、長屋衆を呼び集めておいてください。八つ（午後十時）には出ます」

「むちゃを言ってはいかぬ。今宵はゆっくり寝《やす》んで英気を養え。仕掛けるのは明日の夜でもよかろう」

鹿之介は驚いた。

「悠長なことを言っている閑はありませぬ。こうしている間にも、妖狐は襲って来るやもしれませぬ。女を買った配下が船に帰るのは、七つ半（午前五時）から明け六つの間です。その間に船頭に化けて、妖狐の船に乗り込まなければなりませぬ。先手必勝は今夜しかないのです。私は一刻眠れば充分。そのように鍛えてあります」

るいは言った。説得しておもい止まるるいではないことを鹿之介は知っている。

それに彼女の言う通りである。妖狐は猫目と蜉蝣と共に消息を絶った刺客の行方を探しているであろう。妖狐は真っ先に落葉長屋を疑うであろう。すでに彼女の探索の触手が伸びているかもしれない。逡巡している時間はない。

鹿之介は早速、長屋衆を呼び集めて、妖狐の巣がわかり、先手をかけることを告げた。昨夜につづく今日のことであり、長屋衆は奮い立った。

このとき意外な事態が生じた。猫目と蜉蝣が一緒に行きたいと言い出したのである。

長屋衆はためらった。二人を救い、かくまったものの、昨夜までは敵であった二人を信用できない。ましてや、これから妖狐の本拠に乗り込むという矢先である。

「あいつらはもう味方でも仲間でもない。おれたちを置き去りにした上に、解き放されたら殺そうとしやがった」

「皆さんに救われなかったら、おれたちはここにはいません」

「現にかまいたちはやつらに殺されています。かまいたちの仇を討ちたい」

二人は真情を面に浮かべて訴えた。

「よし。二人に案内をしてもらえばまちがいない。一緒に来てくれ」

鹿之介が言った。

「先生」

長屋衆は驚いた視線を集めた。

「案ずるには及ばぬ。この二人は私たちの仲間だよ。これからは一切分け隔てはしない」

鹿之介は長屋衆に言い渡した。猫目と蜉蝣は鹿之介の言葉に感動したようである。

一刻きっかり眠った後、るいが起きてきた。眠りをとって英気を回復したらしく、爽やかな表情であった。彼女は蜉蝣と猫目の参加をむしろ歓迎した。二人は仲間に置き去りにされたときから、すでに妖狐から離反していた。

鯨井半蔵の峻烈な取り調べに対して黙秘を通した彼らを、妖狐は信用せず、巣を移した上に、解き放された三人に刺客を差し向けてきたのである。二人を救い、かくまってくれた長屋衆とは天地のちがいがある。

参加を許された蜉蝣と猫目は、長屋衆のだれよりも戦闘的になっていた。仲間に裏切られた怨みと、かまいたちの仇を討とうとして燃えている。

八つ（午前二時）、長屋を出発した長屋衆は、八つ半（午前三時）には品川に着き、それぞれの配置についていた。帰り舟の船頭にはすでにるいが話をつけてあった。

刺客の尾行、監視、探索等を兼ねて、その手回しのよさには、慣れているはずの鹿之介も舌を巻くばかりであった。しかも、それ以前に手練の刺客を返り討ちにしとめている。

一体、彼女の底知れぬ戦力は、一見、虫も殺せぬような手弱女《たおやめ》のどこから出ているのだろうかと、兄・妹として暮らしてきた鹿之介も不思議におもうほどである。

「蜉蝣と猫目から聞くところによると、おしなの統率力は衰えているようです。猫目と蜉蝣と共に刺客が行方を晦ましているのですから、一味総力を挙げて探索すべき時期に、配下が遊女屋に上がって遊び惚《ほう》けています。これを見ても、おしなの威勢が末端に及ばなくなっている証拠です。ドジを踏んだ配下を容赦なく粛清するおしなに、配下の不満が募っているようです。蜉蝣と猫目が呼びかければ、おしなに背く者が現われるかもしれません」

るいは手短に伝えた。遊女屋、船宿、船着場、それぞれの位置について待つことしばし、東の空が白むころ、朝帰りの客がぽつぽつ遊女屋から出て来た。

東海道初宿の品川宿は、旅籠《はたご》、飯屋、茶屋などが軒を連ねて、東海道を上下する旅人たちで賑わっている。北品川宿、歩行《かち》新宿、南品川宿の三宿に分かれ、いずれも旅籠、茶屋、酒楼、遊女屋などが軒を争っていた。美形の女を置いていたので、江戸の粋客も集まって来る。

各旅籠にも一軒二人の飯盛女を置いていた。

その品川でも最も大きな「白木屋」という遊女屋に、妖狐の配下三人が上がっていることを、るいはすでに突き止めていた。彼らは七つ半ごろには遊女屋から出て来るであろう。

明け六つ少し前、白木屋から三人の遊客が出て来た。妖狐一味である。三人は財布も下半身も軽くなった足取りで、馴染みの船宿に向かった。そこには新吉が船頭に化けて待っていた。

るいは滑平が用意してきた油を全身に塗って、船の陰に隠れている。二月下旬の海はまだ冷たく、海中にかなりの時間浸るのは辛い。るいはそれをものともせず、全身に油を塗って船底にへばりつき、妖狐の本拠に乗り込もうとしていた。

三人の配下は北品川宿の北側に、その新町となって分かれた歩行《かち》新宿の海岸に出て、そこの船宿に待っていた艀《はしけ》に乗り込んだ。いずれも女に精を抜かれて腑抜けたような顔になっている。櫓《ろ》を漕いでいる新顔の船頭など気にもかけていない。

沖合には妖狐の巣になっている親船や、紀州方面から来た廻船が何隻か、まだ黒い影となって浮かんでいる。水平線上が薄明るくなっていた。

温かい女の肌に埋まっていた三人は、黎明《れいめい》の揺れる冷たい海の風にさらされて縮こまっている。艀の船底に張りついているるいや、売ろ売ろ舟に化けて、いかにも周囲の廻船に向かって漕ぎだしているように見える長屋衆の小舟にはまったく気づかず、無関心である。

妖狐の巣船の見張りが近づいて来る艀を視野に入れているはずであるが、なにも言わない。

艀が巣船の舷側に達したとき、水平線上に陽が覗いた。

「おーい。縄梯子を下ろしてくれ」

三人が艀から巣船の見張りに呼びかけた。縄梯子が舷側に落ちてきた。おおよそ二百石積みの中型船である。

三人が縄梯子に取りついたとき、艀からるいが跳躍した。艀の船尾に潜んでいたるいは、縄梯子を猿のように伝い登り、三人の一味よりも先に船上に乗り込んでいた。

「なんだ、あいつは」

呆気にとられた三人の背中に矢が突き立った。近くまで漕ぎ寄せていた売ろ売ろ舟の上から、弥蔵が矢継ぎ早に射かけている。

仰天した見張りが声をあげる間もなく、黒い風のように飛び込んで来たるいによって斬り下げられていた。

血煙を噴いて倒れた見張りに目もくれず、るいは身体にくくりつけていた油を満たした革袋を解き、中身を梁《はり》甲板から口を開けている階段を通して船中に流し込んだ。勾配に引かれて異臭を放つ油を流し込まれた船内の棚にまだ眠っていた一味はびっくりした。

これに薬師の百蔵が調合した発火剤を詰めた小瓶を投げ込んだ。小瓶が砕けると同時に火花を発し、流し込まれた大量の油に引火して一気に燃え広がった。

仰天して起き出した一味の寝ぼけ眼を、火の手は容赦なく焙りたて、視野を奪った。眠気は一気に吹き飛んだが、目が見えない。船内はパニックに陥った。なにがなんだかわからないが、本能的に凶悪な敵が襲って来たことを悟った。

一挺の武器を数人で奪い合ったり、闇雲に走りまわったり、棚から落ちて打ち所が悪く動けなくなったりした。

近くまで漕ぎ寄せていた売ろ売ろ舟は、船から上がった火の手を見て、この間に一挙に漕ぎ寄せ、長屋衆が縄梯子を伝って次々に船中に乗り込んで来た。船内から逃れて甲板に脱出した一味の数人は、ようやく視力を回復して長屋衆に応戦した。

だが、寝込みを襲われた一味と、準備も武装も充分の長屋衆では勝負にならない。たちまち清三郎が投げた蚊帳に搦め捕られ、弥蔵の弓に射たてられ、長四郎が甲板上に張りめぐらした糸に足を取られて転倒した。

辛うじて逃れた一味は、先を争って海に飛び込んだ。

「慌てるな。大した数ではない。落ち着け」

おしならしい冷静な声が呼ばわった。さすがに正確に我が方の兵力を見切っている。不意を打たれて混乱したものの、おしなは兵力は一味の方が大きいことを見て取った。火を消し止め、落ち着きを取り戻せば、退勢を挽回できると、咄嗟に状況を読み取ったのはさすがである。

一時的に失った視力も徐々に回復している。突然噴き上がった火の手も、燃料を燃やし尽くせば消し止められると判断した。兵力を集中して反撃すれば、押し返せる。

「やつらの武器は大したことはない。武器蔵に拠って戦え」

おしなは的確に指示した。

武器蔵には鉄砲と、豊富な弾薬がある。不意を衝かれて浮き足だったが、仕掛けて来た連中はせいぜい弓や蚊帳や糸を振りまわし、畳針を投げ、油を流して火を放っただけである。

仕掛けて来た連中の正体は割れている。江戸で鳴らした群盗の敵ではないと、おしなは冷静に測っていた。

るいが最も恐れていたのは、武器蔵である。一味が不意打ちの混乱から立ち直る前に、武器蔵を押さえることが事の成否を決する。だが、さすがのるいもまだ武器蔵の所在を突き止めていない。

武器蔵はおおむね船長の居室の近くに置かれている。船員が反乱を起こした場合、船長が逸速く武器蔵を押さえるためである。

るいはおしなとおぼしき声の方角に武器蔵があると判断した。火の手を潜って、その方角に突き進んだ。一味の何人かが彼女の前に立ちはだかったが、一瞬の間に斬り伏せられている。

「相手は女一人だ。畳み込んで袋《ふくろ》叩きにしろ」

意外に近くでおしなの声が湧いた。るいは声の方角に最後の発火剤を投げた。瓶が割れて、炎が飛び散った。

「火を消せ」

おしなの声に狼狽が走った。るいは近くに武器蔵があると判断した。

武器蔵にとって最も恐ろしいのは火である。ひとたび武器蔵に火が入れば、恐るべき破壊力は味方に向けられる。

るいは声の方角に走った。轟音が耳を弄して凶暴な殺気が身体をかすめた。敵は逸速く武器蔵を押さえたらしい。

るいが放った火は彼女の所在を明らかにしてしまった。なんの遮蔽《しゃへい》もなく、炎に照らしだされたるいは、敵の第二撃の照準に捕らえられている。るいは本能的に動いた。動きを止めれば危ない。激しく動きまわることだけが、飛び道具に対する唯一の防衛である。

だが、妖狐はるいの動きを封じ込めるように、間を置かず撃ってきた。複数の鉄砲をつづけざまに撃ちながら、弾込めの間隙を埋めている。さすがのるいもつけ込む隙がなく、連射の網目の中に追いつめられた。

辛うじて一弾を躱したが、身体をかすめられている。もはや次の弾は躱す余裕がなかった。

そのときるいの背後に悲鳴が生じた。彼女が躱した弾が、妖狐一味の一人に命中した。

「撃て。怯むな。撃てぇ」

同士討ちに束の間怯んだ射手に、おしなが容赦なく命じた。

「それが総領の正体だ。総領は手下を虫のように殺してなんともおもわぬ。生け捕りになった我らを置き去りにした上に、かまいたちに手下を差し向けて殺させたのも総領だ」

「そうだ。いずれ手前らも総領に殺されるぞ。現に目の前で仲間を撃ち殺し、もっと殺せと命じているではないか」

背後から蜉蝣と猫目が大声を発して呼びかけていた。射手が動揺している気配が伝わってきた。

「なにをためらっておるか。撃ち殺せぇ」

おしながいらだった声をあげた。

るいはその機を逃さなかった。射手の一瞬の逡巡をついて一挙に間合いに入ったるいは、手練の手裏剣を打ち込んだ。飛び道具は沈黙した。

その間に鹿之介に率いられた長屋衆が船に乗り込んで来た。形勢は再逆転した。

鹿之介らに斬り立てられた妖狐一味は浮き足立った。蜉蝣と猫目に呼びかけられ、現におしなの命による薄情な同士討ちを目の前にしているだけに、総領・おしなに対する不満と不信が一斉に噴き出した。

一味はいまや戦意を失い、逃げまどうのに精一杯であった。

消し手を失った火の手は、その触手を伸ばし、船全体を覆い尽くそうとしていた。

一味は長屋衆に制圧されている甲板に這い上がると、我がちに海に飛び込んだ。

「おしなを逃がすな」

鹿之介が声をかけたが、すでに火の手は長屋衆にも迫っている。木造の船は火のまわりが早い。

火の手に追われて彼我入り交じり、戦うどころではなくなった。これ以上、船上に留まると脱出の機会を失う。混乱の中におしなの所在はつかめない。るいはこれまでと判断して、長屋衆に巣船から避難するように告げた。

夜は完全に明けはなたれていた。燃える妖狐の巣船を売ろ売ろ舟に偽装した長屋衆の舟と共に、出役して来た鯨井半蔵率いる奉行所の小舟が取り巻いている。海に飛び込んだ妖狐一味は片っ端から捕手の舟に引きずり上げられ、縄を打たれた。売ろ売ろ舟を偽装した長屋衆の舟に泳ぎ着いた者も、完全に抵抗の姿勢を失っている。

　半蔵は妖狐一味を一人たりとも逃さぬように包囲陣を布《し》いていたが、捕らえた一味の中におしならしい者はいなかった。彼我の中には女はるいしかいない。巣船は火の手を上げながらしばらく浮いていたが、武器蔵の火薬に引火したらしく、盛大な爆発音を残して沈んだ。

　長屋衆の一方的な勝利であった。だが、るいはあまり嬉しそうな顔をしていない。総領のおしなを取り逃がしては勝利感がないのであろう。長屋衆は何人かが浅手や軽い火傷を負っただけである。

　一味が壊滅したことは確かである。おしな一人が逃げおおせたとしても、もはや群盗としての戦力はない。おしな一人では、江戸の夜を独り占めして暴れまわれない。

　長屋衆の先制攻撃によって、妖狐一味の主立った者は、おしなを除いてほとんどすべて捕らえられた。鹿之介やるいに斬られた者、また同士討ちで死んだ者の骸《むくろ》が確認された。

　長屋衆は意気揚々として〝凱旋《がいせん》〟して来た。

「おしなを逃がしては、本当に勝ったことにはなりませぬ」

とるいは言った。

「そう言うな。いかにおしなとて、配下が一人もいなくてはどうにもなるまい」

鹿之介が慰めるように言った。

「おしなが無事では、すぐに一味を立て直してしまいます。あの女は女忍《くノ一》です」

「おしなが女忍《くノ一》だと」

「もしかすると、おしなは待ち伏せしていたのかもしれません」

「待ち伏せ？」

「私が必ず仕掛けて来るであろうことを予測していて、網を張って待ち構えていたような気がします。巣船を焼き討ちにかけることも読んでいて、手ぐすね引いて鉄砲の筒先を揃えていたのかもしれません。女忍の仲間が各所に潜んでいたような気配でした。


おしなの声だけは聞きましたが、姿を見せませんでした。それに対して、私は火に照らされておしなにはっきりと顔と姿を見せてしまいました。あのとき蜉蝣と猫目が声を出さなければ、私はおしなに負けていたのです」

「そうか。それでるいは悔しがっているのか」

「悔しいどころか、私は死にかけたのです」

「るいが死んだら、だれがわしを守ってくれるのだ」

　鹿之介が急に不安そうな顔をした。

「兄君。ただそれだけなのですか」

　るいが不満の色を面に塗った。

「そうだ。るい以外にわしを守ってくれる者がいるのか」

「兄君は鈍感です。私をただの陰供ぐらいにしかおもっていないのですか」

「陰供などとはおもっておらぬ。るいが姿を見せて、身を楯にしてわしを守ってくれるからこそ、わしは生きておられる」

「知りませぬ。兄君の馬鹿。鈍感」

　るいは本気で怒っていた。その怒りの色を塗った面が抗《あらが》い難い凄艶な引力を持っている。

「はて。るいを怒らせるようなことを言ったかな」

　と鹿之介が言ったものだから、るいをますます怒らせてしまった。

「旦那のような人を朴念仁というんですぜ」

かたわらにいた文蔵が見かねて言った。

「朴念仁とはなんだ」

「旦那のあんぽんたんにはつける薬がねえ。おい、油屋、蟇《がま》の膏《あぶら》でも塗ってやんな」

文蔵が滑平に言った。長屋の住人たちは、二人が血のつながらない兄妹であることを察知しているようである。

運命の風

るいの手前、鹿之介は明るく振る舞っていたが、るいが窮地に陥ったと聞いて、おしなに対する認識を改めた。

妖狐一味を罠にかけたとおもっていたが、るいの言うように、もしかすると罠にかけられたのは我が方かもしれない。

おしなにしてみれば、鹿之介とるいの二人さえ仕留めれば目的は達したことになる。

配下や巣船はいくらでも手当てできる。だからこそ、おしな一人は奉行所と長屋衆が張りめぐらした網をたやすく潜り抜けてしまった。我が方が仕掛ける前から抜け道を用意していたようである。

もし、おしなの計算通り我が方が罠にかかっていたとしたら、とおもうと、鹿之介は背筋が冷えた。るい一人が罠にかかり、鹿之介だけが生き残った場面を想像すると、目の前が暗くなる。るいがいなくては生きていけなくなっている。

刺客に対する守り人という尺《レベル》の問題ではない。るいを怒らせるようなことを言ってしまったが、彼女は鹿之介の心の支柱になっている。武士を捨てた江戸の市井の暮らしが鹿之介に新たな人生の価値をおしえてくれたのも、るいがいればこそである。るいがいなければ、これほど愉しい江戸市井の暮らしも、索漠たる人間砂漠のようになるであろう。

おしなはるいを仕留め損なった。そして、巣船と配下を一挙に失った。おしなにしても、この損害《ダメージ》はかなり大きい。この勝負、引き分けということであろうか。

おしながこのまま尾を巻いて引き下がるとはおもえない。必ずや備えを立て直して仕掛けて来るにちがいない。

だが、当面、地取りの影も絶えて、長屋は平穏な日々を取り戻した。

折しも季節は一日ごとに階段を上るように陽気がよくなっている。江戸の町は四季折々の風情があるが、春先が最も似合う。伝法《でんぽう》肌の江戸っ子には、この季節特有の潑《はっ》剌《らつ》たる生気が最も相性がよいようである。

桜を盟主にした百花が江戸の町を彩り、やがて風光る新緑に統一されていく。旧暦では一年を陰と陽に分け、三月から八月までを陽の月とした。この陽の季節の開幕に足並みを揃えるように、雛祭り、花見、各寺社の縁日や祭りなど、賑やかな行事が目白押しに並ぶ。

そんな花の名所や祭りに出かけて行かなくとも、この季節の江戸の町はどこを歩いても愉しい。各町内の長屋の路地ごとに人生の物語がある。どこからともなく漂ってくる花の香りに、粋人ならずともふと足を止めれば、鶯《うぐいす》の声が聞こえる。生《お》えた（成長した）鶯があちこちの街角で美声を競い、急ぎの用事を抱えている人々がおもわず歩調を緩めるのも、江戸の町ならではの風物である。

大きな荷物を背負ったお店者《たなもの》らしい男が、大川や堀端で釣り糸を垂れている太公望のかたわらに座り込んで水面を見つめている。忙《せわ》しげに歩いている人間も、さしたる用事を抱えているわけではなく、なんの当てもないのに陽気に誘われて出て来たという人間も多い。

地取りに虫食いだらけにされた明地にも春光が弾み、ぺんぺん草が陽炎《かげろう》に揺れているのも乙な風情がある。

地取りの姿が消えて、当面、妖狐一味の脅威も去ったので、鹿之介はるいを連れて出歩くようになった。

「兄君を狙っている者は妖狐だけではございませぬ。なるべく無用の外出はお慎みなされませ」

るいはたしなめたが、こんな陽気になんの仕事もなく、九尺二間の棟割長屋に閉じこもっているわけにはいかない。

「るいが来なければ、わしは一人でも行くぞ」

という鹿之介に、るいは仕方なさそうに、内心嬉しげにつき添う。一見、町娘風に装ったるいの初々しい姿は人目を集めた。それが鹿之介にとっては得意でもある。

江戸広しといえども、これほどの美女を従えて江戸の町を遊歩している者はいない。

人目には愛し合う若い組み合わせ《カップル》が、愉しげに散策しているように見えるが、るいにしてみれば、いつ、どこから仕掛けて来るやもしれぬ刺客に対して、油断なく目配りしている。吹く風にも耐えぬような手弱女風のるいが、恐るべき手練の女忍《くノ一》とは通行人は知らない。

るいの油断ない目配りも知らぬげに、鹿之介は面白げな見世物があれば覗き込み、茶屋に入って団子を食い、茶を飲んでいる。

長屋衆の間で恒例の花見の話が持ち上がった。長屋衆が愉しみにしている重大な年中行事の一つである。

「今年は盛大にやろうじゃねえか」

「花火で名を上げた落葉長屋だ。江戸中の目が集まっているぜ」

「だったら、なおさら、半端な花見はできねえ」

「どんな花見をするつもりかね」

「あたぼうよ（当たり前《めえ》だ。べらぼうめ）。紀文《きぶん》や奈良茂《ならも》が目を剝くような花見だあな」

「そんな金はどこから出るんだ」

「雑魚勘にもちかけりゃあ、千両箱が届けられるぜ」

「それじゃあ、長屋の花見でなく、雑魚勘の花見になっちまわあ」

「遠慮することはねえやな。妖狐に根絶やしにされたとおもやあ、千両箱なんざあ安いもんだぜ」

侃々諤々《かんかんがくがく》としてまとまらない。だが、雰囲気だけは確実に盛り上がっていく。たしかに江戸中が落葉長屋の花見に注目していることは事実であった。

物見高い江戸っ子は、川開きの落葉長屋の花火見物に度肝を抜かれている。見物の者たちは刺客集団の襲撃も趣向の一つとおもっているようである。

「江戸中が目を集めているということは、当然、敵もこの機《おり》を狙っています。今年はあまり派手なことはやらず、近くの花をひっそりと見物する方が無難です」

とるいは忠告した。

「おるいさんの言葉だが、そんなのは花見じゃねえ。畳の上に松の影なんざあ乙なもんだが、長屋の路地の迷い花なんぞを見ても、面白くもおかしくもねえよ」

と長屋の衆は反駁《はんばく》した。

「花をめでる心があれば、どこで花を見ても同じだ」

大家の庄内が諭すように言った。

「大家さんまでそんなことを言っちゃあ困るね。こんな落葉長屋にゃあ迷い花も舞い落ちてこねえよ」

「落葉長屋で悪かったな。迷い花はなくとも、どこにも負けねえ鶴が三羽もいるぜ」

「おみねさんも来るから四羽だ」

「吹き溜まりの鶴に、一年に一度ぐれえ花を浴びせてやりてえ。鶴は芥《ごみ》よりは花が合いますぜ」

店子たちも負けてはいない。るいを除いて夢夜叉とれんも花見をしたそうである。

「るい、お主、おしなが仕掛けて来るとおもうか」

一同が引きあげた後もるいの不安げな表情を読んだ鹿之介が問うた。

「わかりませぬ。来るかもしれませぬ。来ないかもしれませぬ」

「るい、お主ならどうする？」

「長屋衆の実力はおしなもわかったはず。おしなが手練でも、一人では仕掛けて来ますまい」

「それでは、一人でなければ来ると申すか」

「強力な助っ人がいれば、乗ずるにまたとない機会でしょう。長屋衆は悪名高い妖狐一味を破って、意気揚々としています。長屋の素人衆は妖狐を潰して、いささかおもい上がっています。たしかに長屋衆はただの吹き溜まりの落ちこぼれではありません。でも、素人は素人です。玄人の怖さを知りません。これまで連戦連勝、たまたま運がよくて勝ったことを忘れています。調子づいて面白半分になっているところがあります。玄人は決して面白半分にはなりません。食うか食われるか、常に命のやりとりです」

「必ずしも運がよかったわけではないぞ。お主がいたからだ」

「私は、ただ兄君をお守りしただけです。おしなと競い合うつもりはありません」

「おしなを退治することが、結局、わしを守ることにつながるのではないか」

「おしなだけではありません。おしなの狙いは兄君ではなく、落葉長屋であるかもしれません。若狭屋から頼まれて、落葉長屋を立ち退かせる。そのために兄君や私が邪魔になっているだけということもあります」

「ならば結局、我らが目当てではないか」

「兄君、おもいきって長屋を立ち退かれてはいかがですか」

「長屋から立ち退く……だと」

「おしなの狙いが長屋そのものにあるのであれば、長屋から立ち退いた私たちをおしなは狙う必要がなくなります」

「長屋を見捨てよというのか」

「我らがいなくとも、長屋の衆はおしなに充分立ち向かえます」

「たったいま、しょせん素人と言ったばかりではないか」

「私どもが立ち退けば、長屋の衆はよそ者に頼らず、住人の力で長屋を守ろうとするでしょう。面白半分ではなく、真剣勝負になります」

「我々はもはやよそ者ではないぞ。長屋衆と同じ、この吹き溜まりの住人だ」

「兄君は長屋に腰を据えたいとおっしゃるのですね」

「武士を捨て、ここ以外に腰を据えるところはない。吹き溜まりとは運命の風に乗って集まって来たのだ。浅い縁《えにし》ではないぞ」

「運命の風……。兄君が左様におっしゃるのであれば、私も腰を落ち着けます」

「無理にとは言わぬ」

「兄君、本気で左様なことをおっしゃるのですか。私にとって兄君は運命そのものです」

るいが悲しげな顔をした。

「許せ。冗談じゃ。そなただけが長屋を捨てて出て行くはずもないと信じてのことだ。そなたとわしは常に一心同体とおもうておる」

「その言葉、まことですね」

「左様なこと、嘘を言うはずもあるまい」

「嬉しい」

るいは全身に喜びを弾ませて、鹿之介の胸の中に飛び込んで来た。

突然、るいの熱い火照《ほて》った身体に飛び込まれて、鹿之介は危うく押し倒されそうになった。辛うじて腕の中に受け止めたが、るいの身体をこのような形に抱き留めたのは初めてである。

るいの身体は発熱しているかのように熱い。るいが鹿之介を慕っていることはよくわかっている。兄・妹として育ち、暮らしてきたが、血のつながりはない。男と女としての二人の間を阻むものはなにもない。るいは全身を鹿之介に委ねている。彼の意思のままにどのような体位にでも誘導できる姿勢であった。

るいから鈍感と呼ばれたが、るいの切ない心情はよくわかっている。鹿之介もるいを憎からずおもっている。それでいて、一線を越えなかったのは、弾みのせいであろう。

男女の間は弾みに左右されることが多い。弾みに動かされると、さして傾いてもいない相手と、いとも簡単に一線を越えてしまう。だが、弾みを失うと、心の傾きとは別に敷居が高くなってしまう。

理屈はいらぬ。いま、鹿之介の腕の中で喘《あえ》いでいるるいの熱い身体を一押しするだけでよい。るいもそれを望んでいる。それがわかっていながら、鹿之介は踏み出せない。禁欲的《ストイック》になっているわけでもなく、男の欲望が犇き立っているが、最後の一歩を踏み出せない。

(自分にきっと勇気がないのだ)

鹿之介は自らを蔑んだ。

弾みというが、もしかすると、失っていた弾みをいま取り返したのかもしれない。いまこそ二人にとって絶好の弾みではないか。この弾みを逃すようであれば、男をやめた方がよい、と鹿之介はおもい直した。

ただ一押し、押すだけで、るいと結ばれる。言葉の上だけではなく、まことに一心同体となれる。

鹿之介はようやく意思の定まった男の力をるいに伝えようとした。その瞬間、るいの熱い身体がぴくりと震えた。

鹿之介の意思に反応したのではない。二人の外から来る別の気配に、るいの女忍《くノ一》の本能が反応したのである。

「兄君、なにかいます」

るいは同じ体位を維持したまま、鹿之介の耳許にささやいた。

「なにがいるのだ」

「そのまま。そのまま凝《じ》っとしていてください。動けば二人共にやられます」

鹿之介は自分と刀の距離を測った。手を伸ばしても届かない。刀を取る前にやられるであろう。るいも身に寸鉄も帯びていない。

「どうする」

鹿之介は問うた。

「蒲団」

るいは敷かれている寝具を目で指した。るいの意図はわからぬが、蒲団でなにか仕掛けるつもりであろう。鹿之介は、彼女を抱いたまま蒲団の方にいざなった。一見、女体を貪る体位に移動しているようである。

二人を狙っている何者かは、彼らが最も無防備になる瞬間を待つであろう。蒲団と同じ方角に鹿之介の剣が置いてある。だが、さすがの刺客も二人の体位に欺かれて、移動する方角にある剣は意識の外にあるようである。

「兄君、私の身体を開いて」

るいがまたささやいた。

「るい……」

「なにをためらっているのですか。本気で開いてください。さもなければ、二人とも確実に死にます」

るいは喘ぎながら命じた。

彼女の喘ぎは演技ではない。鹿之介に抱かれ、身体を開かれようとして本当に喘いでいるのである。刺客はその喘ぎに惑わされて、まだ仕掛けて来ない。二人は刺客の望む最も無防備な体位にまだ入っていないのである。

ようやく蒲団にたどり着いた鹿之介は、わずかな差でまだ剣に手は届かない。

「私を押し倒してください」

またるいが喘いだ。るいを押し倒せば剣に手が届く。その前に刺客は仕掛けて来るであろう。剣に手が届くのと、刺客の仕掛けとどちらが早いか、賭けである。

「私は大丈夫。私を押し倒すと同時に、蒲団を蹴り上げます。その間に、兄君、刀を」

るいが耳許にささやいた。唇を接するばかりにして言葉を交わしている二人の口元は、刺客の死角に入っているはずである。

二人は呼吸を測って、同体に倒れた。鹿之介の後方から殺気が迸った。同時に、るいが蹴り上げた蒲団が飛来した凶器を遮断した。そのときすでに鹿之介の手は愛刀に届いている。

第二、第三の追撃が来たが、鞘《さや》走った鹿之介の刀が悉くはね返した。

「そこだ」

蒲団を蹴り上げるや否や、一体になっていた鹿之介から離れて、るいは凄まじい戦力と化した。

蒲団に掬めとった刺客の手裏剣を、それが飛んで来た源に間髪を入れず投げ返した。長屋の天井から一個の黒い塊が落ちて来た。止めを刺す間もあらず、長屋の表障子が蹴破られ、複数の黒い影が乱入して来た。

「るい」

と叫んで、鹿之介が脇差を投げた。それを宙に受け取ったるいは、突っ込んで来た先頭の黒影のかたわらをすり抜けていた。すれちがった二人のわずかな間隙に、血煙が噴いた。先頭にぴたりとついていた第二の黒影は、刃を交えた気配もなく、すり抜けて目の前に立ったるいに、ぎょっとしたようである。

たたらを踏んだ第二の影は連携動作を取る間もなく、無防備の姿勢をるいの前にさらしていた。抜きながら斬ったるいの脇差は、その勢いを少しも減殺することなく、たたらを踏んで踏み止まった第二の黒影を恰好の据えもの斬りの素材としていた。

一瞬の間に二人の刺客が床に這い、残る一人はるいと鹿之介に前後を挟まれていた。

進退窮まった第三の影は、天井に飛び上がった。天井から転落した最初の刺客の潜んでいた場所に逃路を求めたのである。

「逃がすか」

鹿之介が叫んで、刀身を薙《な》ぎ上げた。梁に届いた手を懸垂の要領で屈伸しながらはね上がろうとした刺客の足首の一方に、鹿之介の剣尖が追いつき、すぱりと斬り落とした。片足首を失いながらも、屈伸の勢いを駆って飛び上がったのはさすがである。梁の上から刺客の足首の傷口に全身の血液が集まったかのように、盛大な血が振りまかれた。さすがのるいも鹿之介も、刺客の傷口からこんな大量な血が振りまかれようとは予想していなかった。

束の間烟《けむ》った視野をついて飛来した手裏剣が鹿之助の身体をかすった。刺客の足首を薙ぎ上げた鹿之介の剣は伸びきっている。第二の手裏剣をかわす余力は鹿之助にはない。刺客は足首を犠牲にして、後の先を取っていた。三人の刺客を倒す間に、鹿之介との距離が開いていたるいは、援護が及ばない。

あわやと見えたとき、刺客がすがった梁の上をなにかが走った。こそであった。はっと刺客の注意が一瞬逸れた隙を衝いて、るいが跳躍した。後の先を封じられた刺客は、すでに体力を使い切っていた。

梁から床に転落した刺客は、自らの刃で死んでいた。

戦闘は短い時間に終息した。

るいが投げ返した手裏剣で、床に落とされた刺客は、いつの間にか消えていた。るいに斬られた二人の刺客は虫の息があったが、いずれも重傷で、安針が手当てを施したが、助かる見込みはないということであった。床に落ちた一人は軽傷であったらしく、とうてい勝算がないと見て、戦闘の最中に逃げたようである。

圧倒的な勝利であったが、こぞに救われなければ危ないところであった。こぞが援護してくれなかったなら、軽傷の刺客が梁の上の刺客と力を合わせて、形勢が逆転したかもしれない。

「兄君。あのとき、私がなぜ兄君を押し倒さなかったかわかりますか」

るいはなにかを含むような口調で問うた。

「わしを押し倒せば刀に手が届かなくなる」

「それもありますが、それだけではありません」

「それだけではないと……」

「本来なら、私が兄君を押し倒して、刺客から庇うべきでした」

「わしが下になっては、るいが蒲団を蹴り上げられなくなるではないか」

「兄君と抱き合ったまま押し倒してしまえば、敵を前にして兄君から離れられなくなったかもしれません。だから、私が下になったのです。兄君の背を敵に向けさせても、私には兄君を救える自信がありました。でも、私が敵に背を向けては救えなくなります」

「そういうことであったか」

鹿之介は初めて腑に落ちた。

本来ならば、るいが意図的に鹿之介の背を敵に向けさせるはずがない。鹿之介を折り敷けば、上になったるいが主導的になる。たとえ刺客に殺されても、鹿之介と同体になっている体位を解きたくない自分を恐れたのである。そのために鹿之介に主導的な体位をあたえたのである。

鹿之介はるいの女心を告白されたが、答えられない。答えることによって、もっと危険な体位に入ることを恐れたのである。刺客は去り、二人の体位をだれも反対する者はいないのに、彼は恐れた。

この誘惑に負ければ、るいにもっと大きな危険をもたらし、彼女を不幸に陥れるような気がしたからである。いや、その前に彼女を失ってしまいそうな不安があった。いまのままであれば、るいはずっと自分の側《そば》についていてくれる。鹿之介は彼女のすべてを求めて、すべてを失う危険に怯えていた。

もはや、るいなしでは生きて行けなくなっている。るいのすべてではなくとも、その部分、それもかなり大きな部分が側にいてくれるだけで充分幸福である。欲張ってはならないと、鹿之介は興奮から醒めた頭で自らを戒めた。

それにしても、壊滅したはずの妖狐の報復としてはあまりにも早い。落葉長屋の先制攻撃において拠点と配下のほとんどすべてを失い、おしな一人、辛うじて逃亡したはずが、かくも速やかに手練の刺客を揃えて報復してくるだけの余力を残していようとは想定外であった。

「妖狐一味ではありませぬ。あの手並みは忍者です。妖狐一味であれば自刃はしませぬ。一人が天井裏に忍び、注意をそちらに逸らしている隙を衝いて主力が討ち込んで来たのも、忍者の常套手段です」

るいは言った。

「妖狐一味ではないとすると、愛宕下か」

「おそらく。愛宕下は妖狐と連絡《つなぎ》を取り合っていて、妖狐一味に圧勝して油断しているであろう長屋の不意を衝いたものとおもわれます。もし妖狐であれば、兄君、私、どちらであろうと見境なく仕掛けて来たはずです。兄君が私を蒲団の方にいざない、押し倒すまで待ったのは、きやつらの狙いが兄君一人にあったことを示しています。それを見ても、きやつらが愛宕下の意思を受けていたことがわかります」

「るいはそこまで見ておったのか」

鹿之介は改めて舌を巻いた。

「今夜の仕掛けは小手調べです。これから主力が来るでしょう。妖狐がいまや愛宕下とつながっていることはほぼ明白です。おしなの報告《レポ》を受けて、鮫島兵庫は間をおかず傭忍を差し向けて来たにちがいありません。お殿様の身が案じられます」

るいは面を曇らせた。

「お殿様というと、正言《まさこと》様のことか」

「兄君の真のお父君です。ほかにお殿様はおわしませぬ」

「鮫島が殿の身になにか仕掛けるというのか」

「その虞が充分にあります。このように敵が頻々と仕掛けて来るのは、殿の御身になにか異変が生じているのではないかと案じられます。殿の御加減がすぐれぬと祖父様から伝え聞いております。速やかに殿の御身の上を確かめる必要があるとおもいます」

と、るいは憂色を深めて訴えた。るいの鋭い直感に触れるものがあるのであろう。

熊谷武左衛門の子として育てられた鹿之介は、実父・山羽正言に正式に対面したことはない。鹿之介にとって父は武左衛門であり、いまさら正言が実の父といわれても実感はない。だが、正言の身辺になにか異変が発生しているような気配をるいが感じ取っているといわれては、見過ごしにできない気持ちである。

長屋からの出陣

るいの不安を裏書きするように、数日後、落葉長屋を意外な客が訪問して来た。客は国家老・安良岡将監であった。護衛に熊谷孤雲がついていた。

「久しくお目にかからぬ間に、たくましくなられましたな」

将監はまぶしげな目をして鹿之介を見た。

「これは……突然のご出府。報《しら》せてくだされば、当方より参じましたものを」

鹿之介は恐縮した。

国表よりの長途の旅行が、病弱の将監にはこたえたらしく、久しぶりに会う顔には疲労の色が濃い。

「若君が江戸藩邸に楽々と来られるようであれば、なんの心配もありませぬ」

将監は久闊《きゅうかつ》の辞を省いて言った。

「うるさい供が張りついておる。だが、気にするな」

孤雲は言った。将監が上邸を出るときから尾行がついているのであろう。

「こたびのご出府は突然のことでございますな」

国家老が江戸から遠く離れた国許から出府して来るのは尋常ではない用事と見た。ましてや、将監は病弱の身である。旅は苦手である。

「殿のご容態が芳しくないという報せを受けて、急遽、出府してまいりました。殿の直筆による拙者へのお召し出しの手紙を携えて、江戸藩邸に残るわずかな忠臣が、命を懸けて江戸を抜け、報せてまいりました。江戸藩邸では殿のご容態を固く秘匿しております。国家老のそれがしがお見舞いのために殿への対面を求めても、言を左右にしてなかなか会わせてくれませぬ。殿御直筆の御召出状を示して、ようやく面会が叶いましたが、殿は鹿之介様とのご対面を強く望んでおられます。おそらくご対面の場においで、鹿之介様をご後嗣として仰せ出だしがあるものとおもわれます。いかにおさきの方や鮫島兵庫が画策をしても、仰せ出だしがあればどうにもなりませぬ。こちらへ来るのも命懸けでござった。なにとぞ殿の意を体してお出ましいただきたい」

将監は赤心を面に表わして訴えた。

鹿之介が武士を捨て、山羽家の家督になんの野心もないことを将監はよく知っている。だが、正統な後継者をさしおいて、山羽家を、側妾と江戸家老の不義の子の疑いある者に後継させるわけにはいかない。将監は自分の目の黒い間は、山羽三十二万石を邪《よこしま》な野心の自由にはさせぬと、断乎たる意を示していた。

だが、その意も鹿之介が動かなければ実現することはできない。

「鹿之介。お主の気持ちはよくわかっているつもりであるが、お主は生まれながらにして山羽家三十二万石を背負っておる。それはお主の宿命であるぞ。人は宿命から逃れることはできぬ。ご家老の苦衷を酌み取り、殿に対面するがよい」

かたわらから孤雲が言葉を添えた。

「いまさら拙者が殿に対面したところで、いかがあいなりましょうや」

「山羽三十二万石はそなたの双肩にかかっておる。そなたの心次第じゃ」

「拙者はいまのままがよろしゅうござる」

「そなたがよい悪いの問題ではない。山羽三十二万石家中の者が路頭に迷うことになるぞ」

「拙者が継がなくとも、家督を欲しがっておる者に継がせれば、家中の者が路頭に迷うこともないでしょう」

「おさきの方や兵庫のおもうがままにさせれば、公儀が待ち構えていたように養子を差し向けてきます。愛宕下は目先しか見ず、そのことがわかっておりませぬ」

将監が言った。

「榊意忠はいかにもおさきの方に味方するように見せかけながら、松之丞に後継させ、不義の子によって山羽家を私したと難癖をつけ、改易（所領没収）するつもりであろう。私欲に目がくらんだ二人には、榊の恐るべき下心が見えぬ」

「ご家老さえ殿になかなかお目通り叶わなかったのに、一介の浪人にすぎぬ拙者がどうして殿にお目見えできましょうや」

「そのためにこそ、拙者が出府してござる。孤雲殿もおられる。殿には必ずご対面叶うよう計らいます」

山羽家の後嗣にはなんの野心もないが、三十二万石家中の運命がかかっていると訴えられて、鹿之介の心が揺れた。

「ためらう余地はない。おのれの宿命と向かい合え」

孤雲が叱咤するように言った。

「私がいつも影のようにお側《そば》に侍っています」

るいがかたわらから言った。孤雲とるいが護衛についていれば、いかに山羽家江戸藩邸がお家乗っ取り派の巣窟であるとしても、手出しは叶うまい。

「ただし、愛宕下の巣窟に乗り込むからには、そなたも相応の覚悟はせいよ」

孤雲は鹿之介の心理を見通したように言った。

「もとより覚悟はできています」

すでに鹿之介は将監と孤雲の慫慂《しょうよう》を踏まえて言っている。

「影法師が乗り出して来るやもしれぬ」

孤雲が言った。

「影法師が……」

「殿とそなたのご対面が叶えば、必ず後嗣決定の仰せ出だしがあろう。そうなっては榊の野望が潰《つい》える。ご対面を阻止するためには愛宕下の傭兵だけでは心許ない。榊は影法師に命じて、総力を挙げてご対面を阻もうとするであろう」

「祖父上とるいがついていてくだされば、影法師といえども恐るるに足りませぬ」

「そなたも戦力に入っておる。そなたとて一廉《ひとかど》の剣客。やわか（よもや）影法師ごときに後れを取るまい」

孤雲は泰然として笑った。

「されば、いつ参上いたしましょう」

「殿のご容態からして、一刻を争う。明日、もしくは明後日、みねを迎えに寄越す。まず無明寺に赴き、破水和尚の指示を待て」

「承知仕ってござる」

孤雲としては、できればこのまま鹿之介を上邸に伴い、一挙に対面の儀を図りたいようであるが、後嗣決定の場面には後継順位を争う松之丞はもとより、おさきの方、鮫島兵庫らも同席していなければならない。そのためには相応の根回しが必要である。根回しは敵方に備えを立たせてしまうが、後嗣決定は内密には執《と》り行なえない。

将監と孤雲が帰った後、鹿之介は改めてるいと向かい合った。

「わしはどうしても山羽家に戻らなければならぬのか」

鹿之介はるいに問うた。

「私としましては、兄君と二人でいつまでもこの長屋に暮らしていとうございます。でも、祖父様《じい》のおっしゃる通り、兄君は生まれながらに定めの荷を背負うておられます。その荷を兄君お一人の意思で下ろすことは叶いませぬ。私は兄君の定めを守るために祖父様からつけられた者。それが私の使命であり、定めでございます」

「さすれば、わしの定めと共に一生、側《そば》にいてくれるであろうな」

「私の使命を果たし終えるまでは、お側に侍ります」

「使命を果たすというと……」

「兄君のお命を狙う者がいなくなれば、もはや私がお側に侍る必要はなくなります」

「殿がわしを後継に指名されるとは限らぬ。松之丞が指名されれば、もはやわしを狙う者はいなくなる。そうなれば、そなたはわしの側から去るというのか」

「松之丞様をご指名されることは千に一つもございませぬ」

「わしが指名されたとしても、危難が去るわけではないぞ」

「危難が少しでも残る限り、去れとおっしゃられてもお側に張りついております」

「危難が去ったときは、わしがそのまま側に留まれと命じても去るつもりか」

「そのときは私の使命は終わりましてございます。私など侍らずとも、お側にはいとしい方が添《たぐ》われるでしょう」

　るいの面に一抹の寂しげな翳《かげ》がさした。

「左様なことを申すでない。そなたとわしは一心同体じゃ。決してわしから去るなどと申してはならぬ。わしに生涯侍るのがそなたの使命じゃ」

「嬉しゅうございます。そのお言葉を私の一生の宝といたします」

「誓え。一生、側にいると」

「その前に、愛宕下の手の者や、影法師どもから兄君を守る使命がございます。敵は手強うございます。先のことを誓約はできませぬ」

　るいの面から悲しげな陰翳《いんえい》が消えて、決死の覚悟が見えた。

　影法師の正体は幕閣や要人にすら知られていない。その兵力、得手、特徴、弱点等、すべて闇に包まれている。ただ、わかっていることは、影法師に狙われて助かった者はいないということである。

幕府にとって好ましからずと判断した人物は、悉《ことごと》く影法師によって抹殺されている。影法師の仕業かどうかも確かめられていないが、幕府に楯突く者や、不穏な動きを示した者や、無実ではあっても幕府にとって一方的に危険、あるいは不利益と判断された者は悉く抹殺されている。

必ずしも暗殺されるとは限らない。崖から落ちたり、溺れ死んだり、火事に巻き込まれたり、食物に当たったり、中には馬に蹴られて死んだ者もいる。

幕府に睨まれて、原因不明の病死をした外様大名もいる。将軍直属の刺客集団として、当初、編成された影法師は代を累《かさ》ねるほどに、その実体が文字通り影となって幕府の最も汚い仕事を請け負う秘密兵器となっている。

凄腕の女忍《くノ一》・るいにしても、複数の影法師を相手に勝ち残れるという保証はない。るいの決死の面持ちは、その覚悟のほどを示している。

孤雲が予告した通り、翌日、みねが迎えに来た。鹿之介とるいはみねに先導された形で無明寺に赴いた。

「もう尾《つ》けています」

るいが鹿之介の耳許にささやいた。尾行は覚悟の上である。撒いたところで、行き先は敵に知られているであろう。

るいがこぞを抱いた。途上、こぞがしきりに鳴いた。尾行を報せているのである。るいも尾行に気がついている。

昨日、孤雲が将監を護衛して長屋に来たときも、「うるさい供が張りついておる」と言ったが、出府した将監が鹿之介と連絡を取ることは、敵も予測している。将監が江戸入りしたときから、いや、すでにそれ以前から厚い監視下に入っているであろう。

途上、何事もなく彼らは無明寺に着いた。尾行が途上、なにを仕掛けて来るはずもないことはわかっている。妖狐一味が砦のような長屋に仕掛けて返り討ちに遭ったことは、影法師の耳にも聞こえているであろう。仕掛けてくるとすれば、一見無防備の無明寺か、上邸に誘い込んで仕掛けて来るであろう。いずれにしても、敵にとっては水際作戦である。

無明寺では破水が待っていた。

「対面の儀はたぶん明日。いよいよであるな」

破水が言った。

愛宕下に乗り込むために無明寺を緩衝《クッション》として挟んだのは、こちらの方が警備しやすいと、孤雲が考えたからであろう。長屋は砦のようになっているが、足手まといも多い。人質を取られると身動きができなくなる。

その点、無明寺は破《や》れ寺ではあるが、寺社地であり、町地から離れている。彼我おもう存分暴れられる。我が方の兵力は破水を加えて三人であるが、一騎当千である。

それに孤雲が無明寺を対面の儀の前哨地点として選んだのには、なにか特別な備えがあるのであろう。破水和尚の泰然たる態度も、自信を示している。

まだ虫の鳴く季節ではないが、無明寺の境内には多彩な動植物が棲息している。境内にはびこる雑草、集まる野鳥、野良猫や野良犬、狸、蛇やトカゲ、各種昆虫など、境内の〝住人〟たちはすべて無明寺の護衛である。

その夜深更、こぞが鳴いた。ほぼ同時にるいが目を覚ましている。眠ってはいても、意識の一部は常に覚めている。彼女は寝床の中ですでに臨戦態勢を取っている。

「どうやら客が来たようだな」

隣りの庫裏から破水の声がした。彼もすでに目を覚ましていたらしい。

「兵力三ないし四、意外に少ない」

るいがつぶやいた。

「たぶん当方の出方を探りに来た物見であろう」

破水が言った。

もし本気で仕掛けるつもりであれば、総力を挙げて来るはずである。影法師の総力が三ないし四のはずがない。これまでの妖狐一味を加えた度重なる襲撃を悉くはね返した鹿之介とるいに対して、影法師は慎重になっているのであろう。

だが、境内にはなんの気配もない。万物眠りこけており、鳥も啼かなければ、虫もすだかない。ただ、こぞが鳴いただけである。鹿之介すらまだなんの気配もおぼえていないのに、るいと破水には触れるものがあるのであろう。

「おかしい」

るいが首をかしげた。

「どうした？」

鹿之介がるいの顔を覗き込んだ。

「引き返して行きます」

「引き返す？」

ふふとかたわらで破水が薄く笑って、

「わしの張りめぐらした結界を破れなかったらしいの」

とつぶやいた。

「和尚の結界」

「左様。わしの結界はめったなことでは破られぬ。じゃが、わしが張った結界を察知したのはさすがじゃ」

破水は妙な感心をしていた。おそらく破水は境内に気の結界を張りめぐらしたのであろう。気の強い者でなければ、結界の有無すらわからない。弱い者は結界をなんの支障もなく通過できるが、人畜無害である。

「さすが和尚。一指も触れさせぬまま影法師を追い返したとは」

鹿之介は、孤雲がこの寺を中継点に選んだ理由がわかった。無明寺そのものが刺客を近づけぬ結界地であったのである。

孤雲は、もし影法師が総力を挙げて仕掛けて来るようであれば、無明寺の結界地に彼らをおびき寄せ、一挙に叩き潰すつもりであったのであろう。さすがに影法師は破水が張った恐るべき結界の罠を逸速く察知して、手出しをしなかった。

気配が消えると同時に、野良犬が吠え、境内の諸生物がざわめき始め、風もないのに木の枝が揺れているようであった。結界が解け、万物がほっとしたのであろう。

鹿之介は昼間から酒を飲み、人目も憚《はばか》らず女体を抱き、傍若無人な破戒坊主の破水が、尋常の者ではないことを知った。

翌朝、将監と孤雲が来た。

「どうやら、昨夜の客はおとなしく引き上げたようであるな」

孤雲はすべてを見通しているように言った。

「はは。拙僧の張った結界を破れる者は、孤雲殿ぐらいであろう」

破水が豪快に笑った。

「いや、なかなか。このごろ歳のせいでの、和尚の結界に近づくだけで疲れるわ。るいならば、破れぬまでも触れるぐらいはできるかもしれぬ」

孤雲は言うと、るいの方に視線を転じて、

「るい。心せよ。相手は影法師ぞ。和尚の結界に立ち向かうつもりで手合え。わしは歳じゃ。あまり頼ってはならぬ」

と命じた。

「いよいよご対面の儀にございますか」

るいは言った。

「今日じゃ。殿が上邸でお待ちである」

「殿のご身辺が心許のうございます」

るいが不安の色を面に浮かべた。

「殿の御身については、案ずるには及ばぬ」

「でも、上邸内に軟禁同様にあらせられると……」

「おさきの方や鮫島兵庫が殿を弑《し》いし奉るようなことはせぬ。後継仰せ出だしの前に殿を失い奉れば、元も子もない。おさきの方や兵庫がいかに血迷うても、それくらいのことはわきまえておる。殿の仰せ出だしの前に鹿之介を失えば、後継は黙っていても松之丞となる」

孤雲は言った。

「左様。鹿之介様ご健在なる限り、殿は手厚く庇護されておられましょう。つまるところ、殿の御命はひとえに鹿之介様にかかっています」

将監が言った。

鹿之介の身にもしものことがあれば、おさきの方と兵庫はためらわず正言に強請して、松之丞を後嗣に立てるであろう。だが、鹿之介が健在である限り、いかにおさきの方と兵庫が山羽藩の主導権を握っているとはいえ、正言に松之丞の後継を強請はできない。

「よし。出陣じゃ」

孤雲が言った。

ついに山羽家三十二万石の命運をかける決戦の火蓋が切って落とされようとしていた。

至近の妻

無明寺の傾きかけた山門に立った鹿之介とるいは、仰天した。山門には美々しく装った数十人の供侍や奥女中が、大名用の朱塗り総網代《あじろ》に黒棒の駕籠を囲んで待機していた。これは将軍に次ぐ貴人用の最高級の乗物である。

　さらに驚かされたのは、供侍、奥女中がほとんど見知った顔であることである。文蔵、組太郎、清三郎、滑平などが、もっともらしい顔をして供侍になりすまし、大家の庄内と南無左衛門が馬上に威儀を正している。

　夢夜叉、れん、みねが駕籠脇に気品のある艶を含んだ奥女中然として控えている。足軽、中間と見たのは仙介、三太、新吉、与作、利助、政次郎などである。駕籠舁《か》きは本職の八兵衛と傷の癒えた弥吉が先棒と後棒を担う。

「これは……」

　おもわず絶句した鹿之介に、

「仮にも三十二万石ご後嗣の殿ご対面の道中である。それ相応の格式を整えねばならぬ」

　と孤雲は言いながら、馬上豊かに跨《また》がった。

　これは大名行列並みである。当時、石高により大名は外出や旅行における供の数が定められており、鹿之介の対面道中はこれに準じたものであろう。

　それにしても長屋衆の見事な化けぶりであった。おそらく昨夜のうちに、いや、かなり前から、この日のために孤雲と破水が庄内の協力を得て準備をしていたものであろう。

長屋衆は「長屋の花見」の余興のような意識であろうが、この供揃いは玩具《おもちゃ》の兵隊ではない。すでに歴戦の勇者であり、屈強の兵力となっている。

驚きを鎮めて鹿之介が駕籠に乗ると、

「お発ちぃ」

と清三郎が蚊帳売りで鍛えた美声で呼ばわった。

愛宕下の山羽家上邸までは、江戸市民の目を集めながら、道中、何事もなく到着した。

愛宕下には見張りの者からとうに連絡が行っているはずであるが、おさきの方や鮫島兵庫一派は現実に目《ま》の当たりにする威風堂々たる鹿之介の行列に驚愕した。長い浪々生活に尾羽打ち枯らした見すぼらしい供廻りとおもっていたようである。

将監と兵庫が上邸表門に立って出迎えた。将監は得意満面であるが、兵庫は動揺の色を隠せない。

駕籠は門を通り、正面御玄関まで乗り打とうとした。顔色を改めた兵庫が駕籠の前

に立ち、

「畏れながら駕籠乗り打ちはまかりなりませぬ。下乗お願いいたします」

と言った。将監や孤雲が口を開く前に窓が開き、鹿之介が顔を覗かせて、

「其方、家臣の分際で僭越である。わしは殿のお召しによりご対面仕るべくまかり越した鹿之介である。下がりおれ」

と朗々たる音声で呼ばわった。すかさず将監が、

「御意。供の者ども、そのまま乗り打て」

と言った。鹿之介は玄関前まで駕籠に乗り打ちし、悠然と降り立った。すでに三十二万石後嗣としての貫禄充分である。鹿之介の威風に打たれて、鮫島兵庫は返す言葉もない。

玄関口にはおさきの方・兵庫派が出迎えている。一応出迎えの形を取っているが、敵を迎え撃つような構えである。さすがに行列の供は門前までである。長屋衆は門前に臨戦態勢で待機している。一触即発の気配であった。

鹿之介がるいを従え、玄関の式台に上がりかけたところで、再度阻止された。

「あいや、これより先は鹿之介様御一人にてお渡りいただきます」

「其方は何者ぞ」

　鹿之介は阻んだ者に目を転じた。

「拙者は御小姓頭・古谷《ふるや》嘉門次《かもんじ》と申します」

「控えよ。小姓頭づれに、余に侍る者の指図を受ける筋合いはない。門庭内、門前に犬がうろついておる。其方《そちら》の方に目を配っておれ」

　鹿之介は言い渡した。

　古谷嘉門次の顔が赤くなった。彼は兵庫の懐刀と呼ばれる切れ者である。それが鹿之介に子供のようにあしらわれてしまった。犬とは、暗に影法師を指している。

　屈辱に面を歪《ゆが》めている嘉門次の前を、将監が先導して、鹿之介を囲んで、るい、孤雲、破水の一行が悠然と通った。

　一行は奥の客殿に通された。客殿とはいうものの、乗っ取り派に制圧された上邸内のいわば敵陣のど真ん中であり、俎の上に乗せられたようなものである。国家老の将監ですら、江戸藩邸においては捕虜とほとんど変わりない。

　一行はここでしばし待たされた。おそらくおさきの方や兵庫らが額を集めて、鹿之介一行をどう料理すべきか相談しているのであろう。

一応、茶菓が供されたが、鹿之介以外は口をつけようとしない。るいが慌てて鹿之介を止めようとしたが、

「案ずるな。きやつら、この期に及んで毒など用いてわしらを料理するはずがない。わしらが毒に備えて用心していることは百も承知のはず。茶菓に毒など仕掛ければ、動かぬ証拠を我らに供えるようなものよ」

と鹿之介は言って、うまそうに羊羹《ようかん》を食い、茶を飲んだ。さすがのるいや孤雲も、鹿之介の大胆不敵さに呆気に取られたが、言われてみればその通りである。

藩主の後継第一位候補者に競争相手が置毒したことがわかれば、競争資格を失ってしまう。飲食するにしても、必ず供の者が毒味するであろう。鹿之介の言葉通り、茶菓を味わってもなんの異変も生じない。

「おそらく私はここより奥には入れますまい。祖父様もせいぜい控えの間まで。ご対面の儀の場には、兄君と将監殿、そしておさきの方と鮫島兵庫、先程の小姓頭・古谷嘉門次が侍りましょう。殿ご後嗣仰せ出だしあるまでは、なんの手出しもありますまい。ご後嗣として仰せ出だしの後、殿ご退出されてからが危のうございます。

殿様の御身も案じられますが、おさきの方一味にとっては、まず兄君。なりふりか

まわず仕掛けてまいりましょう。そのときはこの笛をお吹きくださいませ。私が駆けつけるまで、兄君と祖父様でしのいでくださいませ。ご家老は邸内に少数ながら留まる国許派の者どもに、我らをお家乗っ取りを企む不埒《ふらち》な者どもから守れと呼びかけてくださいませ。兵庫が上邸を制しているとはいうものの、兵庫の専横に反感を抱いている者もいるはず。その者どもが力を合わせてくれれば、多少の時間は稼げましょう。さらに門前に待機している長屋衆が合流すれば、かなりの戦力になります。何事もなければ重畳ですが、何事もないはずはございませぬ」

「長屋衆が大名の上邸に乱入して大事ないか」

「兄君のご後嗣決定の御沙汰が下った後は、長屋衆は兄君の家臣。家臣が主君の邸に入るになんの差し支えがありましょう」

るいは鹿之介の耳許にささやいて、呼子を渡した。それは忍者笛で、並みの人間の耳には聞こえないが、空気の振動が訓練された忍者の耳には達する。

そのとき鹿之介は艶やかな奥女中を装ったるいをその場に押し倒して、そのたおやかな身体を開きたい衝動に駆られた。これまで妹として接してきたるいから、吹きつけてくるような蠱惑《こわく》をおぼえた。

時と場所をわきまえぬ不謹慎な妄想であるが、鹿之介は自分を中心に煮つまってくる殺気よりも、るいに促された男の欲望に耐えるのに精一杯であった。

「兄君。ご案じ召さるな。私がついておりまする」

鹿之介の顔色を勘ちがいしたらしく、るいは励ますようにささやいた。その耳にかかるるいの呼気が芳しく艶めかしい。

るいから呼子を渡されて間もなく、廊下に足音がして、開いた襖の間から古谷嘉門次の顔が覗いた。

「殿の御座の間にご案内仕ります」

古谷嘉門次が言った。

四人は立ち上がり、古谷につづこうとすると、

「あいや、元ご指南番殿とお女中はこの間《ま》にてお待ちいただきたい」

案の定、るいの予想通り、古谷は押し止どめた。

「拙者は元指南番ではない。現在も家中の指南番を務めておる。今日のご対面、殿より直々《じきじき》に命じられた者である。其方ごときの指図は受けぬ」

と孤雲は押した。孤雲が今日も上邸に時たま出入りしていることは事実である。古谷はそれ以上抗わず、やむを得ないという表情で先導した。

対面の儀は正言の病間の近くの部屋で執《と》り行なわれた。待つことしばし。正言は病間から床に横たわったまま対面の場に運ばれて来た。殺風景な対面の間に、せめてもの装飾に一対の伊万里らしい花瓶が置かれている。

対面の間に入れたのは、るいが予測した通り、鹿之介、松之丞、安良岡将監、おさきの方、鮫島兵庫、そして小姓頭の古谷嘉門次の六名である。

孤雲は控えの間に腰のものを取り上げられて待たされた。孤雲もそこまでは拒否できない。万一の際は、敵の刀を奪ってでも鹿之介を守るつもりである。

正言は対面の場に敷かれた床の上に横たわっていた。その姿は骸骨が寝ているようであった。

嘉門次から鹿之介の到着を告げられた正言は、すでに死相の浮いた顔を彼の方に向けた。鹿之介が実父に対面するのはこれが初めてである。

「鹿之介か。ようまいった。これへ」

正言は横たわったまま、わずかに手招きするような仕種《しぐさ》をした。鹿之介が床の近く

まで膝行《しっこう》すると、

「手を、手を握らせてくれ」

と正言は途切れ途切れに言った。すでに目もよく見えぬらしい。

鹿之介の手を弱々しく握った正言は、

「ようまいった。そちのこと、片時たりとも忘れたことはないぞ」

と言った。見ると、目脂《めやに》のたまった目尻から涙の筋が頬に伝い落ちている。これまで父は武左衛門以外にはいないとおもっていた鹿之介であるが、正言の言葉に胸が迫った。

鹿之介から気を伝えられたかのように、正言の死相にわずかに生色が戻ったようである。

この間、松之丞はかたわらに手持ち無沙汰に控えている。

「殿。松之丞殿もお床脇に侍りおわします」

見かねておさきの方が告げたが、正言は一顧だにしない。

「将監。将監は控えおるか」

正言は言った。

「はい、ここに控えおります」

「鮫島兵庫もお床脇に」

兵庫は聞かれもしないのに追唱した。

「将監、近う寄れ」

正言は将監の名前だけを呼んだ。将監が枕頭《ちんとう》まで膝行すると、

「大儀である。余の後継は鹿之介とする。家中の者にきっと言い渡し、騒動なきよう平穏裡に差配いたせ」

ここに鶴の一声は下った。鹿之介の手を取っていた正言の弱い握力が急速に薄れた。わずかに戻っていた生色が消え、死相に戻った。

「殿、ご退出なされます」

嘉門次が呼ばわり、数人の小姓が床ごと担ぎ上げて病間に移した。

仰せ出だし後しばし茫然としていたおさきの方と鮫島兵庫は、正言の退出と同時に我に返り、そそくさと引き揚げた。

当代の後嗣決定宣言により、山羽家の主導権は鹿之介に移った。だが、それはあくまでも名目の上だけのことであり、特に江戸における家中は依然として兵庫の勢力下

にある。

鹿之介は山羽家の主に指名されながら、生きてこの邸を出られる保証はない。鹿之介を暗殺して、後嗣は松之丞に決定したと公表すればよい。まして、大老・榊意忠が共謀しているのであるから、世間体はなんとでも取り繕える。

「来たぞ」

控えの間から入って来た孤雲が言った。ほぼ同時に鹿之介はるいから渡された呼子を吹いた。鹿之介にも自分を中心に煮つまる殺気が感じ取れた。鹿之介も孤雲も控えの間に入る前に武器を預けている。身に寸鉄も帯びず、迎える殺気が尋常でないことがわかる。

孤雲は素早く室内を見まわし、殿が病臥《びょうが》したまま退出した際、床の上に敷いた敷物を手に取った。と同時に、襖が開かれ、手裏剣が集中して飛来した。針を周囲にヒトデのように突き出した八方手裏剣である。孤雲は手に取った敷物をひらりと翻して、手裏剣を絡め捕った。

手裏剣の背後から数個の人影が討ち込んできた。いずれも布を巻きつけて面体を隠している。

「鹿之介、支え持て」

　孤雲が叫んだ。瞬時に孤雲の意を了解した鹿之介は、将監を庇いながら孤雲と共に敷物の両端を支え、討ち入った刺客の足許からすくい上げた。たたらを踏んだ刺客は、足許をすくわれて転倒した。そこには彼らが撒いた手裏剣が牙を剝いている。

「天井から来るぞ」

　孤雲が叫びながら、敷物からこぼれ落ちた手裏剣を拾い上げて投げ返した。呼吸を合わせて鹿之介は、転倒した刺客の手から奪い取った太刀を薙ぎ上げていた。天井から仕掛けて来た二人の刺客は、床に着くまでの間に戦闘力を失っていた。

　だが、敵は三段、四段の仕掛けを用意していた。天井から黒い茶筒のような物体が投げ落とされた。茶筒は白煙を吐きながら床に落ちて転がった。

「布で鼻と口を覆え。目をこすってはならぬ」

　孤雲は刺客の面体を覆っていた覆面をむしり取るや、びりりと裂いて、まず将監の鼻口を覆い、余った布を鹿之介に投げた。孤雲はその間、自分の顔を白煙にさらしている。呼吸を止めているのであろう。

「祖父様」

鼻口を孤雲が放り投げた布で覆いながら、鹿之介は刺客から奪った太刀を旋回した。刺客の得物を握った片腕が切り離されて、血を振りまきながら宙を飛んだ。これを受け止めた孤雲は、血浸しになった敵の袖を切断された腕から剝ぎ取って鼻口を塞いだ。

敵の兵力は依然として厚い。息継ぐ間もなく新たな兵力が襲いかかって来た。

まだるいの応援は来ない。呼子はとうに彼女の耳に届いているはずである。るいも刺客の別動隊に阻まれているのであろう。

「さすがは熊谷孤雲、見事な手合わせだ。だが、それまで」

薄れた催涙煙の奥から黒い影が悠然と現われた。刺客団の頭目らしい。覆面の間から鋭い眼光が炯々《けいけい》と光っている。催涙煙にやられて涙に曇った視野の中に、頭目の目が異様に光った。孤雲に呼ばれたまま涙が流れるに任せていた視野が陽炎のように揺れる。

「目を見るな」

孤雲が叫んだ。はっとして閉じた視野が、闇の中でまだ揺れている。身体の平衡感覚が崩れている。

「気配を聞け」

孤雲の声がつづいた。閉じた瞼をこじ開けるようにして、頭目の眼光が入り込もうとしている。凄まじい圧力というよりは引力をおぼえた。

孤雲の声と同時に、避けも躱しもならない太刀風が迫った。鹿之介は平衡の失われたまま凶悪な気配の煮つまる中心に向かって相討ち覚悟の太刀を振りおろした。

鹿之介の太刀は空を切ったが、同時に敵の必殺の一撃も、いるべきはずの位置から釣り合いを失って傾いた鹿之介の身体を紙一重の差で逸れた。ちっという舌打ちの気配を鹿之介の耳は逃さなかった。

（そこだ）

念じるように返した剣尖に手応えが伝わった。だが、致命傷ではない。鹿之介は同時に自分が斬られるのを予感した。後の先を取った敵の太刀は容赦なく自分の急所を抉《えぐ》るであろう。

すでに閉じていた眼を開こうとしたとき、強く足許を引かれた。敵の足許をすくった敷物の上に鹿之介はいつの間にか立っていた。それを孤雲が強く手許に引き寄せたのである。敵の太刀はまたしても空を切った。

孤雲に足許をすくわれて命拾いをした鹿之介は、孤雲と位置を替える間際に、自分の手中で遊休していた太刀を、孤雲に手渡《トス》した。

鹿之介から放り投げられた太刀を、孤雲は受け取りざま横に払った。そこに鹿之介にかすられた敵の身体がたたらを踏んでいた。さすがの手練の刺客も、一振りの太刀が手鞠のように手渡されるとは予測していなかったようである。頭目は鹿之介に必殺の一撃をされて、完全に立ち遅れていた。

孤雲と頭目の目が宙に交わった。

(しめた)

敵の目さえとらえれば我が方の勝ちという自信がある。孤雲は目を逸らさず、薄く笑った。その瞬間、頭目の自信が揺れた。

「遅い」

孤雲がつぶやくと同時に、頭目の視野は自分の血煙に烟《けむ》っていた。

「妖しげな術を使いおって。左様な姑息《こそく》な手がわしに通ずるとおもうてか」

一刀のもとに刺客集団の頭目を斬り落とした孤雲は、主を失った太刀を奪い取ると同時に、びゅっと素振りをくれて血を払うと、鹿之介に投げ返した。

頭目を討たれた刺客集団は少したじろいだようであるが、依然として圧倒的優勢にものをいわせて押して来る。

「るい。なにをしておる。来たって我らを救え」

呼子を吹いても一向に反応がないので、遠く離れた供待ちの部屋に届かぬと知りながら、鹿之介は声を出して救いを求めた。

刺客と斬り結んでいる間に、命綱の呼子を落としてしまった。それを拾い上げる余裕がない。しまったと唇を噛んだとき、踏み込んで来た刺客が呼子を手の届かぬ先に蹴飛ばした。

次第に息切れがしてきている。孤雲は伝説的な剣客であるが、老体でもあり、体力に限界がある。

催涙煙はだいぶ薄れ、視力も回復してきたが、体力を消耗している。身体の動きが急に重くなった。まだ多少残っているとおもっていた余力が底をついたのか、足がもつれた。床に足が張りついたように重い。自分の足ではないような重さである。

「気をつけよ。きやつ、なにか吹きかけておるぞ」

孤雲の声がした。刺客の一人が唾を吹きかけていた。唾と見たのは、鳥黐《とりもち》のように粘着力のある物質であった。これが床に落ち、身体に張りつき、動きを封じ込めていたのである。さすがの孤雲も蜘蛛の巣にかかった獲物のように身動きがままならない。

勝ち誇った刺客集団は網を絞るように包囲の輪を縮めてきている。いまや刺客たちが一人一人恐るべき殺しの特技を持った集団であることがわかった。やはり影法師が出て来た。

そのとき将監がなにをおもったか、対面の場に置いてあった花瓶を取り上げて、鹿之介に手渡した。鹿之介はその意味を考える間もなく、鳥黐を吹きつけてくる刺客に投擲《とうてき》した。花瓶は宙を飛び、狙い過たず刺客に当たって床に落ちた。

花瓶は割れなかったが、中に入っていた水が刺客の身体を濡らし、床にぶちまけられた。刺客の口から噴き出される鳥黐が粘着力を失った。刺客は不意を打たれてうろたえた。それを見た孤雲が、手近にあったもう一つの花瓶を自分と鹿之介の足許に転がした。床に張りついていた足が急に軽くなった。

勝ち誇って二人に近づきすぎていた刺客は、はっとしたとき、逆に間合いに捕らえられていた。すでに威力を失った鳥黐を吹きかけると同時に、鹿之介の剣尖が刺客の鼻先から口許にかけて十文字形に斬り下げていた。

つづいて旋回した孤雲の太刀が刺客の首を胴体から離断した。宙にはね上げられた刺客の口許から、血液を交えてまだ鳥黐が吐き出されていた。

　供待ち部屋では、るいが呼子の音をいまかいまかと待ちかねていた。広い邸内は無人のように森閑としている。その静寂《しじま》の底に確実に凝縮している殺気をるいは感じ取っていた。鹿之介と孤雲が邸内のどこにいるのかわからないが、呼子が吹かれれば所在の見当がつけられる。

　二人の刀は供待ち部屋で預けられたが、奥女中姿のるいの身体検査まではしなかった。しとやかな奥女中の衣装の中に、るいはありとあらゆる武器を隠している。

　殺気は煮つまっているが、騒動の気配はない。仮に騒動が発生していたとしても、この広大な邸内では供待ち部屋まで届かないであろう。もしかすると、二人は笛も吹けない状況に陥っているかもしれない……。不安がるいの胸に降り積もり、次第に容積を増していた。

　だが、見当もなく広大な邸内を探しまわることはできない。るい自身も厳重な監視下に置かれていることがわかっている。

　鹿之介と孤雲が邸の奥に導かれてから一刻《とき》（二時間）近くが過ぎようとしていた。

対面の儀が執り行なわれていれば、とうに終わっているころである。

監視の輪が一層厚くなった気配が感じ取れた。その瞬間、余人には聞き取れない音がるいの鼓膜に伝わった。鹿之介と孤雲が救援を求めている。

るいが立ち上がると同時に、供待ち部屋の襖が開かれた。数人の武士が廊下への出入口に立ちはだかっている。

「お女中、どちらにまいられる」

武士の一人が問うた。

「ご用に……」

「ならば、ご案内仕ろう」

「殿方が女子《おなご》を左様な場所に案内するものではございませぬ」

るいは艶然と笑った。たいていの男は彼女のこの笑いで軟化する。

「ほう、お女中、邸内の案内にいつ通じられた」

武士の口調が皮肉っぽくなった。

「廊下を左手に進み、右に曲がり、中庭に面した角にございます」

「お女中、どうしてそれがわかる。玄関からこの部屋までそこは通っていないはずだ」

　その武士以下一同が驚いたような表情をした。

「足音が伝わります。この静かなお邸に、同じ方角の同じ場所に何人もの往復される足音の伝わるところといえば決まっています。それに蹲《つくばい》の水を使う音と、香のにおいがします」

「お主、ただの女中ではないな」

　武士の顔色が変わった。

「ご当家三十二万石、ご後嗣と決定あそばされた鹿之介君にお仕えする者です。若君がお呼びです。そこを退きなさい」

　るいは命じた。呼子が鳴ったということは、鹿之介に後嗣の仰せ出だしがあり、これを不服とする逆意方が行動を起こしているしるしである。

　後嗣と決定したからには、鹿之介が当家の正統な相続人である。後嗣の許に参じようとしているるいを阻む権利は、この武士どもにはない。

「ちょこざいな。取り押さえよ」

　武士は命じた。同時に、るいは奥女中の衣装を脱ぎ捨てた。楚々たる奥殿風の衣装の下に、戦闘準備充分の女忍《くノ一》が潜んでいた。

「女狐め。正体を現わしたな」

武士たちが一斉に抜刀した。その瞬間、彼らの足許が炸裂した。閃光と轟音と共に視野が塞がれた。煙が晴れたときは、るいの姿はそこになかった。

だが、呼子の音が来た方角には第二陣が待っていた。彼らはるいが尋常の奥女中ではないことを予想して、厚い警備態勢を布いていた。それは門前に待機している長屋衆に対する備えでもある。逆意方の武士たちに放った目潰しは、門前に待機する長屋衆に連絡する狼煙も兼ねている。

廊下を塞がれているのを知ったるいは、中庭に飛び下りた。

「逃がすな。追え」

るいの敏捷な身のこなしに、ただ者ではないと悟った武士たちが血相変えて追跡した。

一方、門前に待機していた長屋衆は、邸内から上がった狼煙に色めき立って、門から前庭に乱入した。仰天したのは門番である。

「不調法者。ここをどこと心得る。門前にて控えよ」

と呼ばわりながら阻止しようとしたが、

「てやんでえ、べらぼうめ。あの狼煙は、私《あっち》らの旦那がこのお邸の畏れ多くも若様として大殿様から認めあそばされ奉られたことをお知らせあそばされたのだ。てめえらの出る幕じゃねえ。引っ込んでろい」

と珍妙なあそばせ言葉とべらんめえの混合語を浴びせかけられて面食らった。

「おのれ、胡乱《うろん》な奴輩《やつばら》。控えよ」

門衛は精一杯虚勢を張って阻止しようとしたが、殺気立った多勢の長屋衆に押し破られた。長屋衆は喊声をあげながら前庭を走り、正面玄関から邸内に乱入した。

ただの市井の長屋衆ではない。これまで度重なる刺客の襲撃をはね返してきた歴戦の長屋衆である。

邸内の家士たちが大挙乱入して来た武士体の町人言葉を使う集団に面食らいながら阻止しようとしたが、怒濤のような勢いに、あっという間に押し入られてしまった。

そこで中庭に飛び下りて来たるいと合流した。

「るいさん、旦那はどこだ」

長屋衆に問われたるいは、邸内の奥を指さし、

「気をつけなさい。手強いやつらが待っています」

と言った。門衛や家士の調子で行くと大怪我をするぞと戒めている。

るいの忠告と間を置かず、長屋衆の前に突然、滝が落下してきた。巨大な水量が落ちる轟音が耳を聾《ろう》し、異臭を放つ水しぶきが全身に降りかかった。

長屋衆はその〝滝〟の放つ異臭に記憶があった。既臭感というべきか、自衛本能が危険を告げた。同時に、彼らは滝と見たのが、頭上から振りまかれた大量の油であることを察知した。

「一歩でも動いてみろ。きさまら、すべて焼き芋になるぞ」

るいを監視していた武士団の指揮者が勝ち誇った口調で叫んだ。

「どうぞ、お好きなだけ火を放ちなさい」

中庭の一角からるいの涼しい声が湧いた。

「な、なんと」

武士は声の方角に目を向けた。

「山羽家の上邸から白昼、火を発すれば、江戸中の火消しが集まって来る。家中の者が自ら放ったと知れれば、山羽家はどうなるか。ましてや、この者どもは本日、ご後嗣と仰せ出だしのあった若君のご家来衆である。ご家来衆が若君のお邸に入るに、なんの妨げもあるはずはない。これを門衛が妨げ、家中の者が油をかけて火を放《つ》けたとなればどうなるか。よほど愚かな頭でも思案するまでもあるまい。控えおれ。下郎」

るいが凜《りん》として呼ばわった。

火をかけようとした武士団の指揮者は返す言葉に詰まったが、顔を歪めて、

「おのれ、言わせておけば推参なり。かまわぬ、斬って捨てい」

と命じた。さすがに火を放つのはおもい止まったようである。乱戦状態になった。

この間にるいは奥の方角を目指した。

対面の間では、依然として鹿之介と孤雲の苦戦がつづいていた。

「気をつけろ。きやつら、いずれも妖しげな術を使うぞ」

孤雲が戒めた。これまでなんとかしのいでいるが、敵の兵力は無限に厚い。我が方は頼みとするるいや長屋衆の援軍もなく、消耗する一方である。

「影法師がどれほどの者か見極めるによい機会でござる。児戯に類する妖術、恐るるに足りませぬ」

鹿之介は自らを励ますように言った。

「児戯に類するかどうか、おもい知れ」

向かい合った新たな刺客が破顔一笑した。仲間が討たれたことに少しも動じていない自信のある笑い方である。無造作に間合いを詰めて来るのも不気味な相手である。

「鹿之介、間合いを取れ。そやつ、なにか隠しておるぞ」

孤雲は別の刺客に向かいながら言葉で牽制した。

言われるまでもなく厚い壁がのしかかるような圧力をおぼえて、鹿之介は後退《あとじさ》っている。だが、確実に逃げられぬ角《コーナー》に追いつめられていた。孤雲も自分の敵に立ち向かうのに精一杯で、鹿之介を援護する余裕がない。

「そやつ、口になにか含んでおるぞ」

孤雲が叫ぶと同時に、鹿之介は床に廃物となって放置されていた敷物を蹴り上げた。敷物が一枚の屏風《スクリーン》のように彼の前に立ち上がったとき、刺客の口から火炎が吐かれていた。火炎は鹿之介の前に立ち上がった敷物に突き当たり、面積を拡げて八方に散った。火炎の熱は鹿之介には届かない。

「愚か者。同じ手、いや、同じ口にかかるか」

燃えた敷物が床に落ちた背後から、炎を吐き尽くした刺客の前に、間合いを詰めた鹿之介がうっそりと立っていた。刺客は、自らが頭頂から斬り下げられたことに気がつかず、しばし佇立《ちょりつ》していた。鹿之介に蹴倒されて、初めて自分が死の急坂を転がり落ちていることに気がついたようである。

一方では、孤雲は両手に鞭と杖、両足に据えた錐を同時に扱う刺客に手こずってい た。上下、前後、左右、孤雲を囲むすべての空間から鞭と杖、錐が息継ぐ間もなく交互に、あるいは同時に襲ってくる。この刺客にはまったく死角《デッドアングル》というものがない。孤雲を囲むすべての空間が、敵の凶悪な武器と化している。

これに立ち向かう孤雲の太刀は、敵から奪い取った、使い慣れない太刀である。それもすでに血脂にぬめって斬れ味が極めて悪くなっている。劣勢下にあって、将監を庇いながら戦わなければならない。老体に疲労がたまり、さしもの孤雲も息切れがしている。敵は優位に立って孤雲に圧力をかけていた。

鞭と杖を辛うじて躱すと、電光のように爪先に仕掛けられた錐が飛来する。まったくつけ込む隙がなかった。

（るい、なにをしておる）

孤雲は心に念じた。るいがいれば、この絶体絶命の窮地を切り拓いてくれるにちがいない。敵の手数、足数が多すぎて、孤雲の疲労がつもった一振りの太刀ではついていけなくなっている。敵は勝ち誇って孤雲を圧迫していた。

攻撃が律動的《リズミカル》に規則正しくなっている。この律動《リズム》を一瞬の間でも崩せれば乗ずる隙が生ずる。だが、その隙を見いだすどころか、ますます律動《リズム》が緻密になってきている。鹿之介に声をかける余裕もなくなっている。

もはやこれまでと追い込まれたとき、鹿之介に向かった刺客の口から炎が吹き出された。鹿之介が床に落ちていた敷物を蹴り上げて火の手を遮った。敷物に阻止された火の手は、八方に拡大した。火の触手の先端が至近距離にいた孤雲の敵の身体を焙った。

一瞬、彼の攻撃のリズムが崩れた。孤雲はそれを見逃さなかった。鞭と杖と錐の律動に生じたわずかな乱れに祈りを込めた一太刀を送り込んだ。

したたかな手応えが伝わると同時に、孤雲自身も炎の触手に捕らえられて焙られていた。二人の刺客は重なり合うようにして、ほとんど同時に倒れた。

鹿之介と孤雲はまだ立っている自分たちが信じられないように、束の間、茫然となった。そこにるいが飛び込んで来た。

「若君、祖父様、ご無事でおわしますか」

るいは咄嗟に二人を庇う姿勢を取りながら問うた。

「遅いではないか」

「この様を見よ。無事なはずがあるまい」

鹿之介と孤雲がなじった。

「お許しくださりませ。敵に阻まれて遅れました」

るいは二人の惨憺たるありさまに目を向けて詫びた。鹿之介は全身血浸しになり、孤雲は炎に焙られて髪の毛が焼け縮れ、顔面は煤だらけになっている。だが、鹿之介の血はおおかた敵の返り血であり、孤雲の火傷も見た目ほどではないことを知って、ほっとしたようである。

そこに喊声をあげて長屋衆が雪崩込んで来た。

「旦那、先生、ご無事でやしたか」

「もう旦那でも先生でもねえ。若殿様だ」

「若殿様、ご無事でおわしましたでございやすか」

「使い慣れねえ言葉を使うもんじゃねえや。若殿様はご無事であらせられます」

長屋衆は鹿之介と孤雲を囲んで、まだ敵中にあることも忘れたように盛り上がっていた。長屋衆に問われて、鹿之介は先刻るいが自分を「若君」と呼んだことをおもいだした。

「皆の衆も無事であったか」

鹿之介は一同の顔を見まわした。欠けている顔はなさそうである。

影法師とおぼしき刺客集団は、波が引くごとく、いつの間にか消えていた。数人の死傷者も共に消えた。我が方には鹿之介を含めて軽傷が数人、死者は一人もない。一方的な勝利といえよう。

「大殿より鹿之介君ご後嗣の仰せ出だしがあった。家中の忠誠なる者ども、馳《は》せ参じて若君を守り奉れ。悔い改める者は許す。これ以上、心得ちがいをすな。鮫島兵庫は逆臣である。おさきの方、松之丞殿はもはや当邸の食客にすぎぬ。いまからでも遅くはない。鹿之介君に改めて忠誠を誓う者は過去は問わぬ。来たって、若君を守り奉れ」

将監の呼びかけに、将監派の者が馳せ参じ、つづいて兵庫派の者が恭順の意を表わした。

鹿之介は厚い人垣に囲まれ、もはや影法師も手を出せなくなった。

鹿之介はいったん長屋に帰り、長屋衆に別れを告げ、後始末をした後、改めて山羽藩上邸に入ることになった。

鮫島兵庫は主君に対し逆意ありとして、下邸に移され、拘禁された。おさきの方と松之丞は、本来の居所であるべき中邸に移された。

その後、幕府からはなにも言ってこない。刺客集団は榊が差し向けた影法師である疑いが濃厚であるが、動かぬ証拠はない。幕府としても影法師が惨敗に終わったことが公になれば、幕府の権威を失墜し、榊の権勢にも影響する。ここは頰被りをしておこうという姿勢であろう。

ここにおさきの方と鮫島兵庫派は完全に粛清され、山羽藩江戸表は将監の率いる御《お》為方《ためがた》（正義派）が完全に制圧するところとなった。

晴れて上邸入りの前夜、鹿之介は庄内の家で長屋衆と訣別の宴を張った。

「先生が、いや、若君がこの長屋からいなくなっちまったら、火が消えたようになっちまう」

と長屋衆は口々に鹿之介との別れを惜しんだ。

「なにを申すか。お主らはわしの家中じゃ。家中の者が邸に出入りするのに、なにを憚ることがあろう。わしに会いたくなったら、いつでも愛宕下にまいるがよい。わしもお主らに会いたくなったら長屋に来る」

「旦那、いや、若君、その言葉を信じますぜ。もし、きさまら下賤の者は知らぬなどと言いやがったら、愛宕下の門前に長屋衆みんなで小便をひっかけやすぜ」

「小便をひっかけられるのは長屋の方ではないかな。わしが遊びに来たら、そんな大名は知らぬなどと言ったら小便をかけるぞ」

「おるいさんも小便をかけやすか」

「まあ」

るいが明けすけな長屋衆の言葉に面を染めた。

「わしらと長屋衆の縁は切れぬ。若狭屋がこのまま尾を巻いて引き下がるともおもえぬ。妖狐のおしなも機会をうかがっているにちがいない。榊意忠は山羽藩乗っ取りをあきらめたわけではない。となれば、影法師の脅威は去ったわけではない。現に今宵の宴も、山羽藩家中の者が厚く警護しておる。榊と若狭屋が結んで、なにか途方もないことを企んでいる気配じゃ。この上とも長屋衆のお力添えを賜りたい」

かたわらから孤雲が言葉を添えた。

「あたぼうよ。おれっち、ただの長屋衆じゃねえぞ。三十二万石、山羽藩に晴れて出入りを許されている長屋衆だ。こんな長屋の住人は、江戸広しといえどもあるめえ」

「そうよ。お出入りじゃねえ。家中だ」

「そうだ、家中だ」

「今度は家中揃って花火と洒落ようじゃねえか」

座は大いに盛り上がった。

「若君。山羽家のお世継ぎが独り者では困ります。次は奥方ですね」

大家の庄内が、鹿之介に寄り添うようにして侍っているるいと見比べながらにやにやした。おおかたの事情は察している表情である。

「嫁か。嫁の世話ならいらぬぞ。自分で探す」

鹿之介は言った。

「はいはい、よけいな口出しはいたしますまい。お似合いの方が咫尺《しせき》の間《かん》（至近距離）にいらっしゃいますからな」

庄内がにやにやした。

「大家さん、そのしせきのかんというのはどういうこってすか」

八兵衛が代表して問うた。

「そうだな。手を伸ばせば届くところという意味だ」

「手を伸ばせば届く……あっ」

「阿呆なことを聞くな。そういうのを薄雪《うすゆき》（貧乏人）のかんぐりというんだよ」

文蔵が混ぜっ返したので、わっと沸いた。

この作品は書き下ろしです。原稿枚数326枚（400字詰め）。

暗殺請負人《あんさつうけおいにん》

刺客街《しかくがい》

森村誠一《もりむらせいいち》

平成20年7月15日　初版発行
平成30年3月15日　3版発行

発行人——石原正康
編集人——菊地朱雅子
発行所——株式会社幻冬舎
〒151-0051東京都渋谷区千駄ヶ谷4-9-7
電話　03(5411)6222(営業)
　　　03(5411)6211(編集)
　　　振替00120-8-767643
印刷・製本—図書印刷株式会社
装丁者——高橋雅之

幻冬舎時代小説文庫

ISBN978-4-344-41160-9　C0193　も-2-12